Gudrun Mebs

Schutzengel mit Segelohren

Gudrun Mebs

Geboren 1944 in Frankfurt am Main, schreibt seit vielen Jahren für Kinder und hat vor allem mit Büchern wie *Sonntagskind* oder *Birgit, Eine Geschichte vom Sterben,* die neue deutsche Kinderliteratur entscheidend mitgeprägt. Ihre Vorlesegeschichten, allen voran die drei Bände mit *Oma und Frieder*, gehören bis heute zu den beliebtesten im deutschsprachigen Raum.
Zuletzt erschien bei Sauerländer *Sie hat mich einfach mitgenommen,* über die Entführung eines Mädchens.

Isabel Pin

1975 in Versailles geboren, studierte Illustration in Straßburg und Hamburg. Seit einigen Jahren veröffentlicht sie erfolgreich Bilderbücher und illustriert Kinderliteratur.

Gudrun Mebs

Schutzengel mit Segelohren

Mit Vignetten von Isabel Pin

Sauerländer

Die Deutsche Bibliothek verzeichnet diese Publikation in der Deutschen Nationalbibliografie; detaillierte bibliografische Daten sind im Internet über http://dnb.d-nb.de abrufbar.

Umschlaggestaltung: heike ossenkop pinxit, Basel,
unter Verwendung einer Illustration von Isabel Pin
Printed in Germany
ISBN 978-3-7941-6146-1
www.sauerlaender.de

Kapitel 1

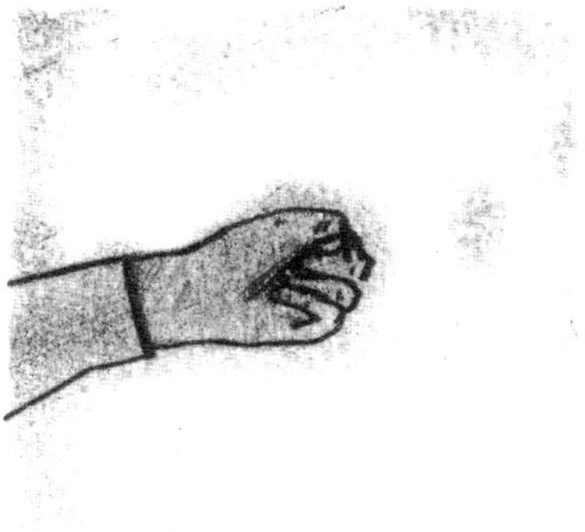

Eigentlich wär's doch ganz schön gewesen, wenn mir Gloria zum Abschied jetzt einen Kuss gegeben hätte.
Aber Küsse für mich sind selten bei ihr, das weiß ich doch längst. Und besonders wenn Gloria nervös ist. Das ist sie doch beinahe immer. Opernsängerin zu sein und mit mir von Stadt zu Stadt zu ziehen, von Hotel zu Hotel, um am Abend in der Oper wunderschön zu singen, ist aufregend. Und zwar immer wieder. Dann bin ich, Dorabella, Klotz am Bein, und leider auch noch ein dicker Klotz. Wohin denn mit dem Kind?
Jetzt hocke ich wieder mal alleine im Hotelzimmer. Diesmal ist es hochelegant, wie das ganze Hotel, und ich drücke die Daumen. Das mache ich ja ziemlich oft, aber heute muss ich noch viel heftiger drücken. Denn heute ist der allerwichtigste Tag für Gloria und damit natürlich auch für mich.
Ich sitze auf einem rotseidenen Sofa und rotseidene Vorhänge wehen vor riesigen Fenstern. Ich traue mich nicht, rumzulau-

fen und alles anzugucken wie sonst in den Hotelzimmern. Ich könnte ja sonst das Daumendrücken vergessen. Ich denke fest an Gloria. Wie sie jetzt im Opernhaus ist und dort vor kritischen Musikern vorsingen muss. Wenn denen nämlich der Gesang gefällt, dann kriegt Gloria endlich mal ein richtiges Engagement. Sie darf dann jahrelang in dem riesigen und berühmten Opernhaus singen, und nicht bloß für ein paar Wochen!
Und wir können in eine richtige Wohnung ziehen und endlich kriege ich da mal ein Zimmer ganz für mich alleine! Und ich muss nicht dauernd die Schule wechseln. Vielleicht finde ich dann Freunde, die nicht nur zu mir kommen, weil sie ein Autogramm von meiner Mutter wollen.
Daumendrücken, Daumendrücken! Bloß nicht loslassen, damit nichts schiefgeht bei Gloria. Da kann ich die Langeweile im Hotelzimmer auch noch ein bisschen länger aushalten. Ich schaue aus dem Fenster. Was für eine breite, laute Straße. Was für Menschenmengen sich da unten drängeln! Viele haben Schirme aufgespannt, es regnet ein bisschen, nein, es schneeregnet. Wenn man genau hinschaut, sind da winzigkleine Schneeflöckchen, die tanzen … Da unten wäre ich jetzt gerne, das geht aber nicht. Also wieder auf's Sofa und warten auf Gloria, meine schöne, ein bisschen berühmte Mutter, meine Mom. Aber »Mom« darf ich bloß sagen, wenn wir alleine sind. Oder wenn ich Bauchweh habe. Manchmal wünschte ich mir, ich hätte öfter Bauchweh …
Aber sie hat es ja nicht leicht, die schlanke Gloria mit dem dicken Kind. Das denken alle, auch wenn sie es nicht laut sagen. In der Oper nicht und auch nicht die im Hotel. Die sind alle höflich. Hier im Hotel gibt es sowieso nur Bedienstete. Und mit Zimmermädchen spricht man nicht, sagt Gloria. Sie schmeißt die Handtücher im Bad auf den Boden, die räumen

ja die Zimmermädchen weg. Dazu sind sie da und werden dafür bezahlt.
Ich schmeiße auch die Handtücher auf den Boden, aber manchmal würde ich doch ganz gerne mal mit einem Zimmermädchen reden. Wenn es wieder so langweilig im Hotel ist und Mom nicht da ist. Dann läuft nur der Fernseher mit seinem Geschwatze und den bunten Bildern.
Aber die Zimmermädchen sind immer ziemlich stumm und schnell machen sie ihre Arbeit. Meistens verstehen sie auch gar kein Deutsch. Manchmal mache ich ihnen noch mehr Arbeit und schmeiße meine Kleider herum und Sofakissen hinterher, bloß damit sie länger dableiben müssen.
Aber früher, als ich noch ein Baby war, haben die Zimmermädchen oft auf mich aufgepasst und sogar die Windeln gewechselt, weil Gloria keine Mom sein konnte, sie musste ja singen im Opernhaus. Die Zimmermädchen haben aber immer ein dickes Trinkgeld bekommen, aber ob sie damals mit mir geredet haben, das weiß ich nicht mehr.
Draußen schneeregnet es immer noch, ich kann's sehen, vom Sofa aus. Ich wär jetzt wirklich gerne da draußen …
Dorabella … der Name gehört mir überhaupt nicht. Dorabella heißt eine Figur in der Oper, die Mom gesungen hat, als sie mit mir schwanger wurde. Ihr Bauch wurde immer dicker und ihre Stimme immer piepsiger und für eine Weile war es aus mit der Karriere. Mom hat es mir oft und oft erzählt. Wie sauer sie war und verzweifelt und dass ich Dorabella heiße in Erinnerung an andere Zeiten. Von meinem Vater erzählt sie nichts. Ich darf auch nicht fragen. Sonst runzelt sie ihre Stirn und kriegt schlechte Laune. Also lasse ich's. Weil schlechte Laune schlecht für ihre schöne Singstimme ist. Und davon leben wir schließlich. Auch das sagt Gloria mir oft.

Dorabella … der Name ist ja auch viel zu schön für mich. Ich nenne mich lieber Dodo, der Name ist kurz und rund, der passt. Wann kommt Mom denn endlich wieder? Das dauert und dauert. Länger stillsitzen kann ich nicht. Ich marschiere durch das riesige Hotelzimmer, kicke da gegen ein Sesselchen, schubse dort ein Kissen vom Bett. Ich komme am langen Spiegel vorbei, in allen Hotelzimmern dieser Welt hängen immerzu lange, eklige Spiegel.

Ich kneife die Augen fest zu, das tu ich schon seit Jahren. Ich will nicht sehen, was ich doch sowieso schon weiß und spüre. Mein Hintern ist schon wieder dicker geworden, die Oberschenkel schwabbeln und die Oberarme auch und der dumme Blümchenrock kneift am Bauch. Dodo, der dicke Klotz am Bein von der superschlanken Gloria …

Ich seufze. Schokolade wär jetzt gut, aber ich brauche gar nicht nachzuschauen in dem klitzekleinen Kühlschrank. Mom hat da alle Süßigkeiten wegräumen lassen. Lässt sie immer wegräumen, in jedem Hotel.

Wenn ich erst ein eigenes Zimmer habe, dann stelle ich da auch so einen klitzekleinen Kühlschrank rein. Der ist dann aber vollgestopft mit süßen Sachen und mit Limo. Die ist auch verboten, wie die Schokolade. Und dann möchte ich rosa Wände haben und rosa Vorhänge und einen gläsernen Tisch für die Hausaufgaben und überhaupt kein Spiegel wird im Zimmer sein und im Schrank hängen meterweise superweite T-Shirts. Die kneifen nicht am Bauch und nirgends.

Ich zucke zusammen und stolpere prompt über das Kissen am Boden. Mom ist wieder da! Nein, nicht Mom, ich seh's sofort. Gloria steht in der Tür und strahlt, schüttelt ihre frisch gefärbten roten Locken, lässt ihren teuren Kunstpelz zu Boden fallen

und tanzt singend durchs Zimmer. Dass ich ihr meine gedrückten Daumen entgegenstrecke, das sieht sie nicht.
Aber ich hab es schon längst begriffen, ich muss gar nicht fragen: Es hat geklappt!!! Sie wird an der berühmten Oper singen dürfen. Oh Mom, am liebsten würde ich dir jetzt in die Arme springen. Das geht aber nicht, meine Mom fliegt vor Glück, wirbelt durchs Hotelzimmer und ein Sturzbach von glücklichen Gloria-Sätzen prasselt auf mich runter.
»Dora, meine Karriere, du wirst es sehen, fliegt hoch zu den Sternen. Himmelhoch, du wirst es sehen! Hier gehöre ich hin, hier hat man endlich mein Talent erkannt, und wenn du gesehen hättest, wie begeistert man war von meiner Stimme, und dabei war ich doch entsetzlich nervös, die Beine haben mir gezittert. Wenn du gesehen hättest, wie reizend man zu mir war, reizender Dirigent, reizender Opernchef, reizende Menschen, du hättest sie sehen sollen, alle so reizend …«
Ich nicke und nicke und hebe heimlich den blauen Kunstpelzmantel auf. Mom ist schon zwei Mal draufgetreten.
»Schätzchen!« Plötzlich kniet sie vor mir und streichelt fahrig über mein blondes Stoppelhaar. »Ich werde singen wie ein Engel, das verspreche ich dir. Du freust dich doch für mich?«
»Ja klar und für mich auch«, will ich sagen. Ich komme nicht dazu. Mom ist wieder zur Gloria geworden, die glücklich trällert und unbedingt jetzt anrufen muss. Diesen und jenen und alle und überhaupt und heute muss gefeiert werden, in einem schicken Restaurant. Mit diesen und jenen und allen überhaupt.
Gloria legt den Hörer wieder auf und wird zur Mom. Zur nervösen Mom. »Nur wir zwei, freust du dich?«
Was heißen soll, diese und jene und alle überhaupt haben heute leider keine Zeit für eine Feierei mit Gloria.

»Ja, Mom«, sage ich, aber da ist sie schon im Badezimmer verschwunden. »Schätzchen, mach dich schick, trödel nicht herum.«
»Ja, Mom.« Ich schlucke einen Seufzer runter und suche im Koffer nach dem engen blauen Kleid mit dem kratzigen Spitzenkragen. Im Restaurant gibt's sicher bloß Salat und ein bisschen Fisch und hinterher gar nichts. Ich werde ganz bestimmt nicht satt, aber heute macht das gar nichts.
Man darf Glorias Glück nicht stören.

Kapitel 2

Jetzt kriege ich meine Mom fast überhaupt nicht mehr zu sehen. Gloria muss dauernd im Opernhaus sein. Auch wenn sie dort nicht unbedingt gebraucht wird, will sie es doch so gerne. Ihre neue Chance, ihr neues Glück.

»Das verstehst du doch, Schätzchen?«

Ja klar, das verstehe ich. Und wenn nicht, was hätte es genützt? Gloria wäre trotzdem verschwunden.

Sie muss in die Schneiderei, dort, wo die Kostüme genäht werden. Sie wird abgemessen von oben bis unten und auch ihre Schuhnummer wird notiert. Sie muss in die Maskenbildnerei, wo die Sänger geschminkt werden und frisiert und wo sie Perücken bekommen. Gloria muss zum Intendanten, das ist der alleroberste Chef des Opernhauses, der Vertrag muss unterschrieben werden. Und zum Intendanten spaziert man nicht einfach ins Zimmer. Es muss ein Termin gemacht werden und Gloria muss warten. Eine freundliche Sekretärin

serviert ihr solange einen Kamillentee. Der ist gut für die Stimme.
Gloria muss den Dirigenten kennen lernen, der das Orchester am Abend dirigieren wird und die Sänger auch. Sie möchten alle ihre Stimme kennen lernen. Sagt Gloria …
Am Abend kommt sie erst wieder sehr spät ins Hotel. Weil sie sich noch mit Sänger-Kollegen treffen möchte und dann trinkt man noch zusammen einen Schluck Wein.
»Das verstehst du doch, Schätzchen?«
Ja, klar! Sie kuschelt sich dann zu mir ins Bett und erzählt und erzählt. Sie glüht und strahlt und summt Musik und schläft ein. Und ich bin wieder wach …

Das sind jetzt so Zeiten, die sind eigentlich ganz schön. Eine strahlend frohe Gloria, die beinahe platzt vor Glück und die vergessen hat, dass ich keine fettigen Chips essen soll und bitte täglich die Unterwäsche wechseln und bitte geh ins Museum, Dora, da gibt es herrliche Dinge für Kinder zu sehen und bitte dringend das Zimmermädchen um frische Handtücher und schaue bitte in deine Schulbücher, die Ferien dauern nicht ewig und sei so lieb, keine Würstchen, keine Schokolade, sei so lieb. Nichts von alledem sagt sie.
Gloria hat vergessen, dass sie ja auch eine Mom ist und verschwindet jeden Morgen gleich nach dem Frühstück und ich kriege zwei flüchtige Küsse. Aber immerhin zwei!

Am Anfang hab ich gleich den Fernseher angemacht, sobald Gloria im Aufzug nach unten geschwebt ist. Hingucken will ich ja gar nicht, aber plappernde Stimmen und buntes Gewimmel ist schön in so einem stillen Hotelzimmer.
Ich hab aufs Zimmermädchen gewartet und zugeschaut, wie

sie so flink putzt. Ich hätte sie gerne gefragt, ob sie hier auch zur Schule gegangen ist und wie die Kinder hier so sind.
Leider sind ja immer noch Ferien. Schule war für mich noch nie ein Problem. Die Lehrer mögen mich immer ganz gerne, weil ich so brav lerne. Was soll ich denn auch sonst im Hotel machen, wenn Mom weg ist? Wenn ich eine Aufgabe gelöst habe, habe ich sie gleich noch mal gelöst und viele Aufsätze gleich zwei Mal geschrieben. Dann ist die Zeit schneller vorbeigegangen. Die Kinder haben mich auch ganz gerne gehabt, wegen der Autogramme. Wahrscheinlich wäre ich mal eine richtige Streberin geworden. Dann hätten mich alle gehasst. Das ging aber nicht, denn vorher habe ich ja immer die Schule gewechselt.
Dass ich zu dick bin, hat eigentlich niemanden gestört in der Schule. Da waren auch noch andere dick.
Wie wird das hier sein in der neuen Schule, wo ich lange bleiben darf? Eine Streberin will ich nicht sein und ich hoffe, dass ganz viele Dicke in der Klasse sind. Aber daran muss ich noch gar nicht denken, die Ferien dauern noch lange und vorher ziehen wir ganz bestimmt in eine eigene Wohnung!

Ich hab Hunger. Zum Frühstück gab es wieder bloß ein Knäckebrot, zwei Apfelschnitze und ein Glas Milch. Und wieder eine Mom, die rasch eine Tasse Kaffee trinkt und weg ist sie. Mit einem flüchtigen Gewinke und einem »das verstehst du doch, Schätzchen«.
Ja klar, Mom. Aber soll ich schon wieder im Hotelzimmer hocken und warten und hoffen, dass wir bald richtig zusammen sein werden in einer eigenen Wohnung?
Sie hat nichts mehr davon gesagt.
Ich geh jetzt raus. Vielleicht zu einer Würstchenbude? Dicke, saftige Würstchen mit viel Senf und einem dicken, weichen

Brötchen dazu … Mom sieht's ja nicht, sie ist ja jetzt bloß noch Gloria. Diesmal schlucke ich den Seufzer nicht runter.

Mein Wintermantel ist zu eng, überm Bauch lässt er sich nicht mehr zuknöpfen. Ich bin nicht rausgewachsen, ich bin rausgedickt … aber Gloria findet den Kapuzenmantel entzückend und teuer war er auch. Ich hätte viel lieber einen Anorak mit Reißverschluss. Die dehnen sich so angenehm, die wachsen mit, wenigstens eine Zeitlang. Aber Gloria findet Anoraks scheußlich.

Was für eine tolle Stadt! So breite Straßen, so viele elegante Leute und so viele Schaufenster, vollgestopft mit den teuersten Sachen. Das wird Gloria gefallen!
Und was für prächtige Häuser hier stehen, so hübsch verziert und bunt und jedes dritte Haus, das ich bestaune, sieht so aus als würde es rufen: »Dodo, komm rein, such dir ein Zimmer bei mir aus!«
Das Haus dahinten, mit dem Türmchen drauf, das ruft besonders laut, das muss ich näher sehen. Ich renne los, und da … grelles Hupen, Reifen quietschen, jemand schreit auf. Große Hände reißen mich zurück und halten mich fest und eine junge Männerstimme ruft erschrocken:
»Kind Gottes, bin ich etwa dein Schutzengel?«
Ich bleibe stocksteif stehen, Autos brausen an mir vorbei.
Beinahe wäre ich in eines hineingelaufen … Ich glaube, mir ist ein bisschen schlecht. Wenn ich jetzt bloß nicht hier kotzen muss … Die Hände haben mich losgelassen, aber ich drehe mich nicht um. Bloß weg hier, aber schnell, zur anderen Straßenseite. Mein Herz klopft, als wäre ich kilometerweit gerannt. Ich schaue zurück. Da drüben steht ein langer, dünner Mensch

in einem roten Anorak und winkt deutlich zu mir rüber und seine Ohren, richtige Segelohren, leuchten rot wie sein Anorak. Über den Verkehrslärm hinweg ruft er mit Trompetenstimme: »Pass auf dich auf, junge Frau, dein Schutzengel ist nicht immer da!« Und er wirft mir tatsächlich, über die Autos hinweg, eine Kusshand zu … Dann ist er verschwunden in der Menschenmenge.

Mir sind die Knie ganz wackelig, beinahe wär ich überfahren worden … aber große Hände haben mich gerettet, es ist, als würde ich sie immer noch auf meinen Schultern spüren.

Er ist so erschrocken, der Schutzengel, vielleicht noch mehr als ich!

Jetzt ist er weg. Und es fängt an zu regnen.

Plötzlich sehen die hübschen Häuser bloß noch grau aus und die eleganten Leute hasten, geduckt unter ihren Regenschirmen und es ist, als hätte die Stadt ihr Strahle-Licht ausgeknipst.

Mir ist kalt, da fegt ein Wind, der beißt in die Nase, ich kuschel mich in meine Kapuze, ich muss ins Warme.

Aber zurück ins Hotel, da warten auf Gloria und hoffen auf Mom?

Nein. Sie kommt ja sowieso ewig nicht. Und außerdem hab ich Hunger. Aber die Lust auf Würstchen mit Senf ist plötzlich verschwunden …

Dahinten ist ein Kaufhaus, da geh ich jetzt hin, Rolltreppe fahren. Rolltreppe fahren tröstet. Und Rolltreppen rollen nie an verbotenen Würstchenbuden vorbei. Und im Kaufhaus sind immer jede Menge Menschen, wer weiß … Aber nein, ich werde nicht Ausschau halten nach einem roten Anorak, auf dem Schutzengel steht in Buchstaben, die bloß ich lesen kann! Aber beim Drängeln durch die Menschenmenge, beim Flitzen über die Straßen, da hab ich dann doch ein bisschen gehofft, aber wirklich bloß ein kleines bisschen, es käme wieder ein zu schnelles Auto … aber so was zu denken ist blöd!

Fast eine ganze Stunde lang bin ich Rolltreppe gefahren, runter und rauf, rauf und runter. Kein Mensch hat sich gewundert über das dicke Kind. Keiner hat mich richtig angeschaut, das ist ein Vorteil in so einer Riesenstadt. Es hat mich aber auch keiner gefragt: »Bist du allein? Suchst du deine Mami?«
Nur noch ein letztes Mal runter ins Tiefgeschoss gerollt, da riecht's so gut, nach Hähnchen am Spieß. Bloß mal schnuppern.
Das Schnuppern hab ich sofort vergessen, denn da, beim Gemüse, da leuchtet was rot. Da leuchtet ein roter Anorak. Ich hab mich doch nicht getäuscht? Die Rolltreppe rollt viel zu langsam, ich quetsche mich an Leuten vorbei, nehme zwei Stufen auf einmal, ich ernte böse Blicke. Ich hab so gedrängelt, dass einer alten Frau der Einkaufskorb aus der Hand gefallen ist, sie hat geschimpft. War mir egal. Ein »Entschuldigung« ist mir nicht eingefallen.
Da, endlich, der rote Anorak, mit einem Blumenkohl in der Hand.
Er dreht sich um … und da ist es eine Sie mit ziemlich viel Pickeln im Gesicht.
Mir ist heiß, meine Backen glühen. Ich schwitze. Und murmele ein überflüssiges »Entschuldigung«. Die Pickelfrau wundert sich. Und in meinem Bauch ist ein neues Zwicken.
Ich hatte mich schon so gefreut … Das muss ich jetzt vergessen, ganz schnell. Und das Zwicken muss getröstet werden. Da hilft bloß Schokolade.
Bei den Süßwaren, grad bezahlt, habe ich gleich das Silberpapier weggerissen und gemampft, die ganze Tafel Schokolade.

Und bloß auf den Boden gestarrt und nicht nach roten Anoraks. Jetzt habe ich ja Schokoladenglück im Bauch.
Auf dem Weg ins Hotel bin ich geschlichen. Der Regen hatte aufgehört, die Straßen haben wieder geglitzert und die hübschen Häuser auch. Die eleganten Leute sind wieder geschlendert und nicht gehastet. Die Stadt hat sich wieder schön geschmückt. Ich hab nicht hingeschaut. In mir hat sich dauernd was gezankt. Das Schokoladenglück und das schlechte Gewissen. Schokolade ist verboten. Und das neue Zwicken war auch wieder da. Die Schokolade hat nichts genützt!

Kapitel 3

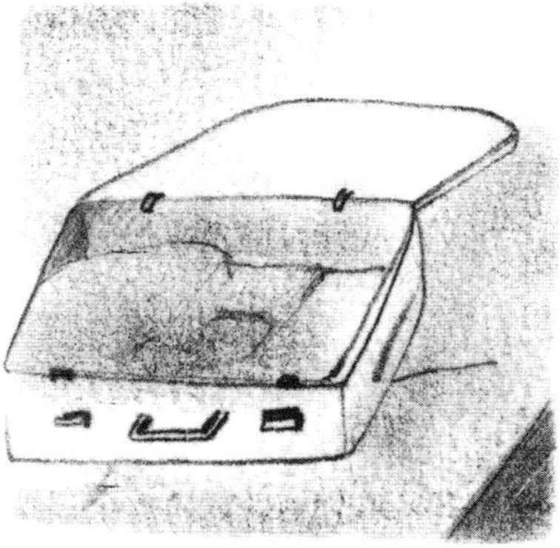

Im Hotel ist ein Wunder geschehen! Gloria ist schon da und wie sie da ist! Barfuß rennt sie, Koffer liegen aufgeklappt auf dem Boden, Schranktüren stehen weit offen. Kleider und Unterwäsche und Jacken und Mäntel türmen sich auf dem Bett.
Sie winkt mir mit Händen voller Seidenschals zu. Kein Kuss zur Begrüßung, aber auch keine unangenehmen Fragen wie »Dora, hast du dich heute schon gewogen?« oder »Dora, heute keine Chips, keine Schokolade?« Aber auch nicht die übliche, rasch hingeworfene Frage, die immer so klingt, als wolle sie gar keine Antwort:
»Dein Tag war heute gut, Schätzchen?«
Gloria packt. Eilig, schlampig, aber fröhlich! Sie summt dabei, ein gutes Zeichen.
Ich atme auf. Das schlechte Gewissen darf ich vergessen und das Gezwicke, was roter Anorak heißt, muss ich vergessen. Das ist jetzt leicht!

Wenn Gloria nämlich packt, dann heißt das nur eines: Wir ziehen wieder um.
Aber diesmal nicht in eine neue Stadt, das ist klar. Diesmal bleiben wir hier! Oder heißt der Umzug bloß in ein anderes, billigeres Hotel? Ich traue mich nicht zu fragen. Noch eine Enttäuschung heute, ich glaube, das wär zuviel.
Lieber helfe ich packen. Das kann ich gut, ich habe es ja oft geübt. Meine Siebensachen sind schnell verstaut, die von Gloria dauern viel länger. Und meine Frage: »Ziehen wir endlich in eine eigene Wohnung?« brennt in meinem Hals, während ich Hosen falte und Seidenblusen. Warum will nie das aus mir raus, was wirklich wichtig ist?
Gloria summt fröhlich und wühlt in ihrer Kosmetik herum. Sie summt die Melodien vom »Sandmännchen« und vom »Taumännchen«, ihre ersten Rollen hier in »Hänsel und Gretel«, eine Kinderoper, eine wirklich schöne.
Ich könnte schon mitsummen, die Melodien sind einfach. Aber Gloria kann es nicht leiden, wenn ich singe. Eine Kinderstimme ist keine Profi-Stimme, und wenn einer hier singt, dann ist das Gloria, ganz klar. Also lasse ich's.
»Liebes Kind«, sagt Gloria und betrachtet den Stapel Koffer und Taschen. »Wenn ich daran denke, dass wir das in Kürze alles wieder auspacken müssen, wird mir ganz übel.«
»Wo denn auspacken, Mom?« Die Frage ist einfach aus mir rausgerutscht und schnell packe ich Teddy-Teddy und verstecke mein Gesicht dahinter. Für Teddy-Teddy bin ich längst zu alt, aber der muss immer mit. Weil das so einer ist, hinter dem man sich verstecken kann, und Geheimnisse behält der auch in seinen plüschigen Ohren.
»Hör bitte auf, in diesen Schmuddelbauch zu grummeln.«
Gloria hat ein rosaseidenes Abendkleid aus dem Schrank

gezogen und lässt es vor dem Spiegel um ihre Beine schwingen.
»Man sollte doch meinen, ein Schmusetier ist in deinem Alter passé. Muss der Mottenfraß denn unbedingt mit in die neue Wohnung?«
»Neue Wohnung!« Ich habe deutlich »Neue Wohnung« gehört. Teddy-Teddy plumpst zu Boden. Also doch!!! Wenn ich tanzen könnte, würde ich jetzt tanzen. Und wenn ich dürfte, würde ich jetzt Mom um den Hals fallen. Geht nicht, dann zerknittert ja das teure rosa Abendkleid. Aber hüpfen kann ich, Freudenhüpfer quer durchs Zimmer. Wir ziehen um, endlich in ein Daheim!
»Freust du dich, Mom?«
»Wir werden sehen«, sagt Gloria und massiert ihre Stirn. »Bitte höre auf zu hüpfen, das macht mich nervös.«
Aber dann hat Mom mir doch Teddy-Teddy in den Arm gedrückt, sogar einen schnellen Kuss auf mein Stoppelhaar gedrückt und ein Taxi bestellt.
Das Taxi war vollgepackt bis obenhin und Mom ist sofort wieder zur Gloria geworden, die ungeduldig wird, weil der farbige Taxifahrer die neue Anschrift nicht sofort verstanden hat. Während der Fahrt hat Gloria unentwegt geplappert, geschwärmt vom schönen Opernhaus und auch, wie ein wenig enttäuschend es sei, jetzt so zwei winzige Rollen singen zu müssen, noch dazu in einer Kinderoper, aber man könne ja nicht erwarten, sofort Star-Rollen zu singen, dazu sei das Opernhaus ja wirklich zu berühmt und sie hoffe doch sehr, und sie sei sicher, in Kürze.
Ich hab nicht zugehört, denn erstens hat mir Gloria das alles nachts im Bett schon mal erzählt und zweitens musste ich doch Ausschau halten nach der neuen Wohnung. Und ja … ein ganz

kleines bisschen auch habe ich geschaut nach einem roten Anorak.
Ich hab am Taxifenster gehangen, die breiten Straßen und die eleganten wunderschönen Hausfassaden sind vorbeigeflitzt und bei jedem besonders hübschen Haus habe ich gehofft: Jetzt sind wir da!
Aber das Taxi ist gefahren und gefahren, die Straßen wurden immer schmaler und dunkler, es tauchten öde Supermärkte auf, ein paar mickrige, kahle Bäume. Die elegante Stadt ist verschwunden. Hier strahlt und glitzert nichts mehr hübsch geschmückt in der Abenddunkelheit.
Endlich ist das Taxi eingebogen in eine langweilige Straße. Wie Würfel liegen die Häuser da und jedes sieht genau so aus wie sein Nachbar rechts und links und gegenüber.
Das Taxi hat gehalten, wir sind angekommen.
Wir werden in einem grauen Würfelhaus wohnen. Es sieht nicht so aus, als würde es rufen: »Dodo, komm rein, ich freue mich auf dich.« Hier ist nichts Freundliches, am Abend nicht und wahrscheinlich auch nicht am Morgen.
Ich habe schlucken müssen, aber zum Glück hat Mom es nicht gesehen. Sie stand stumm vor dem grauen Würfelhaus und starrte auf die Hausnummer, als wäre die falsch. War sie aber nicht.
Später habe ich mir heimlich gewünscht, das Taxi hätte uns wieder mitgenommen ins vertraute Hotel. Das hier, was jetzt unser Daheim ist, ist eine Schuhschachtel! Außen grau, innen weiß und kahl. Hässliche bräunliche Möbel drin, bloß grad mal so viel, wie man braucht, um essen, sitzen, schlafen zu können. Ein Zimmer ist überhaupt ganz kahl und leer und sieht aus, als möchte es auch so bleiben. Das Badezimmer ist winzig, bloß eine Dusche. Wie soll Gloria denn hier leben ohne Badewanne?

Die Küche ist auch klein. Die Hängeschränkchen, der kleine Tisch und der kleine Kühlschrank sehen so aus, als würde die Küche sagen: »Alles da, mehr habe ich nicht zu bieten.«
Also, dieser Schuhschachtelwohnung hier, der ist es egal, ob jemand drin wohnt oder nicht. Das spüre ich genau und Mom wird es nicht anders gehen. Hotelzimmer ohne Badewanne hat sie doch immer abgelehnt.
Da steht sie plötzlich in der Tür und … lächelt.
»Dora-Schatz? Gefällt es dir? Es ist doch recht nett, sauber und ruhig. Nun ja, eben sauber und ruhig, nicht wahr? Etwas Besseres war in der Eile wirklich nicht zu finden, ich hoffe sehr, dass du zufrieden bist, Schätzchen.«
Was soll ich da jetzt sagen? Sie ist auch schon wieder weg, klappert in der Küche mit dem Geschirr herum, schlägt die Kühlschranktür auf und zu, schleppt über den winzigen Flur eine Tasche, summt vor sich hin, aber hektisch, und ruft: »Nun steh' da nicht rum, meine Liebe, setze dich bitte in Bewegung. Ich brauche Hilfe.«
Ich setze mich in Bewegung, das sind vertraute Worte von einer genervten Mom. In ihrem Zimmer zerrt sie ungeduldig Kleider aus dem Koffer, wirft sie haufenweise aufs Bett, zerrt an einem Schal, der hat sich verhakt und als ich ihr helfen will, reißt sie so heftig, dass es einen Riss gibt.
Ihre merkwürdige gute Laune ist so schnell verflogen, wie sie gekommen ist.
»Du glaubst doch nicht im Ernst, dass das hier der Traum meiner Träume ist.« Zack, klappt der Kofferdeckel zu wie ein böses Maul.
»Du wolltest doch so unbedingt ein eigenes Zimmer haben, na also, jetzt hast du es, also kümmer dich bitte drum und steh' mir nicht im Weg.«

Ich fühle mich, als hätte ich eine Ohrfeige gekriegt. Also ich bin Schuld an dieser öden Wohnung. Am liebsten hätte ich mich in meinem Zimmer gleich ins Bett verkrochen, zusammen mit Teddy-Teddy. Mom ist sauer auf mich und hier ist alles so hässlich. Nur die Bettwäsche ist hübsch. Blau mit Sonne-Mond-und-Sternchen.

Beinahe hätte ich geheult ... Aber dann hab ich doch lieber ordentlich ausgepackt und meine Siebensachen eingeräumt und den einäugigen Teddy-Teddy im Bett versteckt. Ein Knopfauge hat er verloren, wahrscheinlich in irgendeinem Hotel irgendwo. Armer Kerl.

Ich habe dabei immerzu nach draußen gehorcht, ob ich Mom summen höre oder ob ich noch immer mit der zornigen Gloria rechnen muss. Darum hab ich ja auch den »Mottenfraß« so gut versteckt, damit Gloria ihn nicht sieht und sich schon wieder ärgern muss.

Darum habe ich ja auch so richtig ordentlich hier in dieser Hässlichkeit ausgepackt, damit sie sieht, dass ich's hier schön finde, auch wenn's nicht stimmt.

Normalerweise hätte ich ja meine Sachen genauso wie sie rumgeschmissen, Zimmermädchen im Hotel räumen das ja auf. In einer eigenen Wohnung darf man das nicht. Ich hätte ihr sagen sollen, dass ich hier richtig glücklich bin und dass mein eigenes Zimmer das Schönste auf der Welt ist. Auch, wenn's nicht stimmt ... Warum denn bloß kommt nie das aus mir raus, was richtig wäre!

»Dora?« Ich horche. Mom ruft, nicht die nervöse Gloria. Sie ruft wie immer, kurz, aber freundlich. Kein »Schätzchen«-Ruf. Sofort lasse ich meine Schulbücher fallen, die sollten ordentlich gestapelt werden auf dem Tisch. Bloß Mom jetzt nicht warten lassen.

Mom hat Hunger, wir gehen was essen. Sie hat schon ihren Kunstpelz an, Schal eng um ihren Hals gewickelt und wartet im Flur. Schnell bin ich in meinen Mantel geschlüpft und in die dicken Stiefel gestiegen. Und Mom hat mir die Kapuze über den Kopf gezogen!
Sie ist nicht mehr sauer, Gott sei Dank!

Auf der dunklen, regennassen Straße, überall diese langweiligen grauen Würfel-Häuser, kein Baum, kein Gärtchen, kaum Verkehr, keine Leute auf den Straßen, habe ich nach ihrer Hand gegriffen. Sie hat es zugelassen und nur in ihre plüschige Kapuze hineingewispert: »Nicht so ganz unser Stil, findest du nicht auch?«
Dafür hab ich losgeplappert, ziemlich wirres Zeug durcheinander. Dass mir die Wohnung so gut gefällt, in echt, und dass ich gar nicht alles in Rosa haben muss, wirklich nicht, und hier ist es doch wirklich sehr still und dass ich es traurig finde, dass sie leider keine Badewanne hat und dass ich mein Zimmer schon eingerichtet habe …
Mom hat dazu geschwiegen, den Schal hochgezogen bis zur Nasenspitze. Die Abendluft ist feucht und neblig ist es auch. Das riecht nach Erkältung, eine Katastrophe für ihre Stimme, das weiß ich ja. Und hätte ich ihre Hand nicht so eisenhart umklammert, dann hätte sie bestimmt schon längst losgelassen …
Endlich! Dahinten leuchtet ein Schild, umrahmt von vielen bunten Lämpchen »Bella Italia«. Ein italienisches Restaurant und es ist geöffnet.
Das Restaurant ist bestimmt nicht nach Glorias Geschmack, das habe ich mit einem Blick gesehen. Fischernetze an den Wänden, laute Schlagermusik, Tische gedeckt mit blaukarierten

Plastik-Decken und Plastikblumen überall. Wäre das Restaurant nicht das nächste und wahrscheinlich das einzige, das wir haben finden können, Gloria hätte auf der Stelle umgedreht.
Mir gefällt es. Hier ist es bunt und warm und es riecht wunderbar nach Tomatensoße und auch nach Knoblauch. Junge Leute in Pullis und Jeans schwätzen und essen, keiner ist aufgesprungen, um Gloria um ein Autogramm zu bitten.
Gloria hat kurz die Augenbrauen hochgezogen und tief geseufzt. Aber sie ist geblieben, sie hatte ja auch keine Wahl.
Ein junger Kellner kommt auf uns zu. Schwarze Hose, blitzweißes Hemd, kahl geschorener Kopf und mit den dunkelsten, blitzendsten Augen, die ich je gesehen habe. Außer bei Teddy-Teddy natürlich, aber davon hat er ja bloß noch eines.
Mit einer eleganten Verbeugung, beinahe wie in der Oper, stellt er sich vor: »Sie mir sagen Bruno! Benvenuto!«
Sofort hilft er Gloria aus dem Mantel, die lächelt kurz, aber gnädig. Gute Manieren weiß sie zu schätzen.
Aber als Kellner Bruno auch mir aus dem Mantel helfen will, winkt sie ab. Ich weiß schon, was das heißt. Bitte nicht übertreiben und hoffentlich ist das Essen hier genießbar.
Kellner Bruno nimmt trotzdem meinen Mantel und zwinkert mir zu. Das sieht lustig aus. Und Mom hat's zum Glück nicht gesehen.
Am blauweißkarierten Tisch schiebt Gloria die Plastikblumen weg und Bruno stellt sie sofort auf einen anderen Tisch.
Die Speisekarte schiebt Gloria auch beiseite und es ist klar, aus Nudeln mit dicker duftender Tomatensoße wird nichts.
»Salat und Mineralwasser« bestellt Gloria beim eifrig wartenden Bruno. »Für das Kind auch.«
Kellner Bruno steht immer noch, Bestellzettel in der Hand, neben unserem Tisch.

»Winter kalt in Deutschland, sehr zum Empfehlen heute in Küche ich möchte sagen … »
Sein Deutsch ist ihm ein wenig durcheinandergerutscht und Glorias kurzes »Danke, nein« scheucht ihn weg.
Bruno verbeugt sich und verschwindet und Gloria ruft ihm nach:
»Ich bitte drum, die Musik leiser zu stellen, sie ist eine Zumutung.«
Die Musik verstummt. Gloria winkt mit den Fingern ein »Dankeschön«. Die anderen Gäste drehen die Köpfe, tuscheln. Gloria lächelt.
Bruno hat auch gelächelt, als er Salat und Wasser gebracht hat und es uns in ein extra schönes Weinglas gegossen hat.
Aber dann, halb versteckt unter einer Serviette, hat er mir neben meinen Salatteller ein dickes Stück duftender Pizza hingeschoben. Hat sich verbeugt, guten Appetit gewünscht in gutem Deutsch, mir, ich hab's genau gesehen, wieder ganz kurz zugeblinzelt. Und ist verschwunden. Blitzgeschwind.
Ich staune! Ein Kellner bringt mir was, was ich furchtbar gerne essen würde und was Gloria auf keinen Fall bestellt hat. Das ist noch nie passiert! Mir läuft das Wasser im Mund zusammen. Ich schaue schnell zu Gloria. Hat sie es gesehen? Sie pickt im Salat herum. Natürlich hat sie es gesehen, sie ist ja nicht blind. Vorsichtshalber frage ich: »Mom?«
Mom zuckt mit den Schultern und nickt. Und sieht aus, als wäre sie lieber wieder Gloria und im Opernhaus bei den Kollegen. Aber wenn denn das Kind glücklich ist mit einer Pizza, meinetwegen.
Die Pizza war wirklich köstlich und tröstlich. Brunos Augenblinzeln war so nett. Ihn würde ich gerne wiedertreffen. Das ist doch ein gutes Zeichen, dass der erste Mensch, den wir hier in

dieser öden Gegend getroffen haben, so ein netter Mensch ist, oder?

Auf der Rechnung für Salat und Wasser stand das Pizzastück nicht …

Kapitel 4

Die nächsten Tage sind gut und auch ein bisschen schlecht. Gut sind sie, weil ich am Morgen das Frühstück mache für Mom und mich. Ich ganz allein! Ich hab's noch nie gemacht, aber es ist ganz einfach. Für Mom gibt's schwarzen Kaffee, für mich Tee und Knäckebrot. Tischdecken musste ich nicht lernen, lohnt sich nicht. Mom trinkt ihren Kaffee rasch im Stehen und dann ein: »Tschüss Schätzchen, bleib brav.«

Flüchtiger Klaps auf meinen fetten Po und schon ist sie verschwunden, gewickelt in viele Schals. Das Taxi wartet, das bringt sie gleich ins Opernhaus.

Und auf mich wartet ein langer, alleiniger Tag. Ich knabbere lange am Knäckebrot, das verkürzt dann den Tag ein kleines bisschen. Unsere Tassen wasche ich gleich zwei Mal ab, dann dauert's länger …

Beim Abwaschen denke ich an die Zeit, als ich noch ein fettes Baby war. Da hat Mom mich immer mitschleppen müssen. In

wer weiß wie vielen Opernhäusern stand dann die Tragetasche mit mir drin in der Maskenbildnerei, in der Schneiderei, im Probenzimmer. Und am Abend, wenn Mom auf der Bühne gesungen hat, dann in der Garderobe. Und immer war da jemand da, der auf mich aufgepasst hat, mir die Flasche gegeben hat und die Windeln gewechselt. Ums Windelwechseln hat sich Mom nie gerissen, wie oft hat sie das lachend erzählt.
Jetzt schleppt Mom mich nicht mehr mit. Ich bin zu alt. Außerdem haben wir ja jetzt eine eigene Wohnung. Ich hätte nie gedacht, dass das für mich mal schlecht sein könnte. Jetzt bin ich nämlich hier den langen Tag ganz alleine. Draußen ist es grau und nieselig und kalt. Drinnen ist es weiß, kahl und langweilig. Einen Fernseher gibt's hier nicht. Leider. Spiegel auch nicht, das ist das Beste an der Wohnung. Bloß so ein kleiner im Badezimmer, aber der hängt so hoch, da müsste ich hüpfen, um reinzuschauen. Mach ich doch auf keinen Fall.
Ich hatte mir vorgenommen, hier immer ganz schön aufzuräumen. Ich weiß ja, wie das geht, das habe ich ja bei den Zimmermädchen im Hotel gesehen. Ich räume auf, schüttele die Betten glatt, hebe Handtücher vom Badezimmerboden auf, hänge Moms Kleider wieder in den Schrank. Reiße die Fenster auf, lüfte. Schließe die Fenster wieder, weil ein frösteliger Wind reinfährt. Setze Teddy-Teddy in mein Bett, der einzige Ort, wo es gemütlich ist. Schaue auf die Uhr. Da ist noch nicht mal eine halbe Stunde vergangen.
So viele leere Stunden hat ein alleiniger Tag, das hab ich nicht gewusst.
Ein Fernseher würde sie füllen, mit Lärm und bunten Bildern. Ich habe versucht, mich wegzuträumen. Mein blödes Zimmer einzurichten in Rosa. Die wehenden Vorhänge, ein Himmelbett mit Schleifchen dran, ein Kuschelteppich, ja, und auch ein Spie-

gel, ein Zauberspiegel, der nicht eine dicke Dodo zeigt, sondern so was wie eine schlanke Gloria, bloß kleiner. Es hat nicht funktioniert. Weil's so was auch nicht gibt.
Mein Magen knurrt. Der muss Kekse, Chips und Schokolade haben. Mom sieht's ja nicht.
An der Ecke von unserer kahlen Straße ist ein kleiner Laden, der hat alle Sachen, die mir guttun. Die sucht man sich selber raus im Regal und keiner fragt. Die habe ich hier alle versteckt, unterm Bett. Mom sieht's ja nicht, sie ist ja nie da.
Und wenn sie endlich da ist, dann ist es spät am Abend und ich bin müde geworden vom grauen Tag. Sie glüht und erzählt und singt und schickt mich ins Bett mit einem »Schätzchen, ab mit dir ins Traumland!« Die Frage: »Dora, wie war dein Tag? Warst du auch brav?« kommt nicht mehr. So froh ist sie, eine brave Dora zu haben, die ja jetzt ein eigenes Zimmer hat und alt genug ist, um alleine zu bleiben und sie kann ungestört in der Oper sein.
»Dora, das verstehst du doch?«
»Ja klar, Mom!«
Das Einschlafen ist nicht so schwierig, denn Teddy-Teddy darf bei mir liegen, und ich darf mich auf das Frühstück morgen früh mit Mom freuen und dann kommt im Traumland was Rotes angeschwommen, das sieht aus wie ein Anorak und warme große Hände streicheln meine Schultern und riesige Segelohren schwirren um mich herum und ich muss kichern, dann zwickt es ein bisschen im Bauch … und dann hilft mir Teddy-Teddy, das Zwicken wegzuschlafen.

»An die frische Luft, Dora! Bewege dich, Kind! Und keine Würstchen heute, ich bitte dich!« Sätze von Mom, festgehämmert in meinem Kopf.

Also gut, an die frische Luft. Neblig ist die und nieselig, die langweiligen Straßen sind glitschig und da geht keiner freiwillig spazieren. Bloß ich. Aber nicht weit.
Ich weiß schon, wo ich hinmöchte, auch wenn das blöd ist. Zum Restaurant »Bella Italia«. Wenn schon mein Schutzengel verschwunden ist, wahrscheinlich auf ewig, dann möchte ich gerne Bruno und sein Augenzwinkern sehen. Ein Bruno ist besser als nichts, und es könnte ja auch sein, dass er wieder ein duftendes Stück Pizza … Aber nein, natürlich nicht. Zwei Mal bin ich am Restaurant vorbeigeschlichen, nein drei Mal. Kein Bruno! Das Restaurant ist am Vormittag geschlossen und wäre es geöffnet gewesen, ganz sicher hätte ich mich doch sowieso nicht reingetraut. Was bleibt mir anderes übrig, als wieder zur Würstchenbude zu stapfen. Die ist immer offen. Der Würstchenbudenmann mit seiner rotgefrorenen Nase und dem lustigen weißen Käppi kennt mich schon und zwinkert mir zu. Das Zwinkern von Bruno gefällt mir aber besser … aber seine Würstchen mit Senf und einem dicken weichen Brötchen tun mir gut. Und während ich mampfe, erzählt er mir seine Lebensgeschichte. Dass er Josef heißt wie sein Vater und der war auch Würstchenbudenbesitzer, und dass das Geschäft im Winter flau ist, im Sommer besser und dass er schon immer ein Würstchenbudenbesitzer sein wollte, schon als kleiner Bub und so.
Ich höre zu, er ist nett und schon ist der langweilige Tag ein bisschen kürzer geworden. Aber wenn ich Mom erzählen würde, dass ich mit einem Würstchenbudenbesitzer schwatze, ach du liebe Zeit. Da wär ja was los!

Der langweilige Tag war tatsächlich kürzer, denn Mom war schon da! Vor mir gekommen. Ich hab es gleich gesehen. Ihr Kunstpelzmantel lag auf dem Boden im Flur.

Mom ist da, wie schön!
»Mom?«
»Schätzchen, komm bitte her!« Mom steht im Badezimmer vor dem kleinen Spiegel und prüft ihre Locken. Bückt sich und lässt die Haarmähne vor meinem Gesicht wedeln.
»Dora, sei so lieb, siehst du das, was ich da sehe? Eine graue Strähne?«
Ich schaue nach und wirklich, da blitzt was Graues, nein, was Weißes.
Aber Mom zuliebe habe ich natürlich gar nichts gesehen. Sie hat gute Laune, die darf man nicht stören.
»Nein, Mom, alles klar!«
Erleichtert richtet sich Mom wieder auf und schüttelt ihre roten Locken, die, glaube ich, doch bald nachgefärbt werden müssen. Sag ich ihr aber lieber nicht.
»Du siehst schön aus, Mom!« Ich hab noch immer ihren Mantel im Arm. Mom lächelt sich im Spiegel zu. Es gefällt ihr, was sie da sieht. Und ihr Tag war gut, sonst hätte sie schon längst über Falten hier und da und überall geklagt und irgendwann dann auch an mir rumgemeckert.
Ihren guten Tag in der Oper, den muss ich ausnutzen, gleich jetzt.
»Mom? Kann ich mal wieder mit dir in die Stadt kommen?«
Mom tupft Creme auf ihre Lippen. Sie schminkt sich nicht, das heißt sie bleibt heute hier! Endlich mal!!
»Dora, du bist doch in der Stadt oder sehe ich das falsch?«
Ja schon, aber im falschen Teil der Stadt, hier ist doch bloß der Würstchenmann, von dem sie nichts wissen darf. Und ein Bruno, der geschlossen hat.
Und eine Dodo, die sich einsam fühlt und ja … einen roten Anorak vermisst, von dem Mom auch nichts wissen darf.

»Mom, ich meine ja bloß … kann ich nicht mal wieder mitkommen in die Oper, so wie früher?«
Mom zeigt dem Spiegel ihre blitzweißen Zähne.
»Aber sicher doch, Schätzchen, bald!«
Jetzt bloß nicht locker lassen! Die Zähne sind ganz in Ordnung.
»Morgen, Mom?«
»Nicht nerven, Schätzchen. Morgen oder übermorgen oder bald. Versprochen! Du hast vernünftig gegessen heute?«
Eine Antwort braucht sie nicht, sie verschwindet in ihrem Zimmer.
»Entschuldige mich, Schätzchen, ich muss üben, das verstehst du doch?«
Ja klar, Mom. Nein, jetzt wird nicht geseufzt. Mom hat was versprochen und was sie verspricht, hält sie auch. Man muss bloß Geduld haben.
Und jetzt wird endlich ihr Kunstpelzmantel aufgehängt!

Mom in ihrem Zimmer übt Tonleitern rauf und runter, mal mit »Mimimi«, mal mit »Momomo«, dazwischen Gehüstel und Geräusper, dann wieder glockenhelle schöne Töne, sie übt ihre Opern-Rolle, ich höre es genau.
»Der kleine Sandmann bin ich, und gar nichts Arges sinn ich. Euch Kinder lieb' ich innig … »
Ich singe ganz leise mit, aber wirklich leise.
Dann klopfe ich an ihre Tür. Das ist auch so was Neues. An-die-Türe-klopfen. Im Hotel war das nicht nötig.
Es kommt ein geseufztes: »Ja, Schätzchen, was ist denn?«
»Mom, darf ich reinkommen und zuhören?«
Dass mir langweilig ist und so lange Tage ohne Mom doch wirklich furchtbar lang sind, das sage ich nicht.
Mom öffnet die Tür.

»Wenn du dich unbedingt langweilen willst, bitte sehr. Ich übe, ich hab dich gewarnt.«
Ich schlüpfe rein und verziehe mich gleich in eine Ecke.
Nein, Schätzchen langweilt sich doch nie, wenn sie bei Mom sein darf und besonders nicht, wenn sie singt. Dann staunt Schätzchen, weil sich vor ihren Augen und vor ihren Ohren die genervte Mom in eine strahlende Gloria verwandelt. Eine Prinzessin, so hübsch, so zart und ihre Stimme jubelt so wunderschön, als würd' es Blumen regnen. Oder manchmal auch glitzernde gefrorene Tropfen.
Wenn sie so singt, dann wird mir manchmal ganz warm und manchmal wird mir ganz kalt. Dann ist es, als wäre ich verzaubert.
Und immer wieder muss ich staunen, warum so eine wunderschöne Zauberin Gloria so ein dickes, langweiliges Kind geboren hat.

Kapitel 5

Mom hat ihr Versprechen, dass ich mitdarf in die Oper, aber lange nicht eingelöst. Drei Tage lang nicht.
Was soll ich da schon machen? Endlose Tage mit Nieselregen, der kein Schnee werden will, liegen da vor mir und wollen und wollen kein Abend werden, der mir Mom zurückbringt. Dann erst wird es bunt, wenn auch kurz, ich muss ja dann bald ins Bett. Vorher ist der Tag grau und so lang, wie ein endlos durchgekauter Kaugummi.
»Lies was Schönes, Kind!«, sagt Mom und Bücher hat sie auch angeschleppt. Die sind langweilig. Da hüpfen Pilze im Wald, lustig, und freunden sich an mit Bäumen. Oder Clowns purzeln herum und machen blöde Sachen. Dafür bin ich zu alt.
Spiele hat sie auch angeschleppt, aber die kann man bloß zu zweit oder zu mehreren spielen, wie soll ich das machen, wenn ich doch alleine bin? Einen Fernseher hat sie nicht gebracht. Der hätte mir doch noch am meisten geholfen. Aber nach einem

Fernseher zu fragen habe ich mich nicht getraut. Mom lehnt Fernseher ab, das ist nicht ihr Stil. Leider.
Also bleiben mir doch nur die Besuche beim Josef, dem Würstchenmann. Der erzählt mir was, immer dasselbe, und ich esse was, immer dasselbe und hinterher ist es mir dumm im Bauch. Wieder habe ich es nicht geschafft, dünner zu werden und auf Fettes und Süßes zu verzichten. Nimmt Gloria mich deshalb nicht mit ins Opernhaus, dem berühmten und für sie so Wichtigem? Weil ich eine dicke Schande bin?

Aber heute war was Gutes!
Mitten im grauen Nieselregen, der einfach kein Winterschnee werden will, wollte ich nach meinem leider üblichen Besuch bei Würstchen-Josef mit meinem schlechten Gewissen nach Hause schleichen.
Da bin ich wieder am »Bella Italia« vorbeigekommen, wo ich immer vorbeikomme bei den langweiligen Spaziergängen. Immer ist es geschlossen und Bruno mit dem netten Augenzwinkern und dem heimlichen Pizzastück kann ich doch sowieso vergessen, genauso wie den roten Anorak …
Aber plötzlich war mir so einsam und die Vorstellung, dass in der hässlichen Wohnung bloß Teddy-Teddy auf mich wartet, ein Plüschtier … dass ich gedacht habe: Dodo, probier's doch einfach mal. Geh doch einfach mal hin und rüttel an der Tür vom »Bella Italia«.
Bleibt sie zu, die Tür, macht auch nix, geschlossene Türen kennst du doch. Wie oft klappt Mom die Türe zu …
Tatsächlich, ich hab mich getraut! Und die Tür ging tatsächlich sofort auf, die war nämlich gar nicht zu. Bruno stand da, glatzköpfig und in einem dicken Pullover. Er hat mich sofort erkannt und er hat sich kein bisschen gewundert.

Er hat mich einfach angelächelt!
Im Hintergrund brüllte eine Stimme: »Bruno, Tür zu! Wir haben noch geschlossen!«
»Ja, Chef«, hat Bruno zurückgerufen und mir zugeblinzelt und mich einfach ins leere Restaurant gezogen. Da war's kalt, aber mir war sofort warm.
»Nicht drum kümmern, um Geschrei. Ist netter Mensch«, hat Bruno gesagt und mich angelächelt. »Für kleine Signorina wir immer offen.«
Bruno hat mir den Mantel abgenommen und mir einen heißen Kakao gebracht.
Der Chef im Hintergrund hat gekichert und nicht protestiert, sondern bloß so was gemurmelt wie »unser Bruno und ein Mädel, da schau her.«
Bruno hat sich zu mir an den Tisch gesetzt und zugeschaut, wie ich den köstlichen Kakao genossen habe, Schluck für Schluck. Damit er lange vorhält.
»Hunger, kleine Dame?« Bruno zwinkert mir schon wieder zu. Seine Glatze, frisch rasiert, schimmert. Fast so ein bisschen wie eine Kugel am Weihnachtsbaum. Ob ich wohl in diesem Jahr einen eigenen Weihnachtsbaum kriege? Den Gedanken schiebe ich lieber weg und nicke und flüstere: »Aber ich darf nichts essen, was dick macht.«
Bruno lacht strahlend, seine Zähne schimmern wie seine Glatze.
»Wir in Italien lieben Frauen, die rund sind genau da, wo es schön ist für Frau. Frau muss sein Frau und kein Stiel Besen.«
»Besenstiel!« Ich muss kichern.
Bruno hat mitgekichert und sich entschuldigt für sein schlechtes Deutsch. Hat sich an seine Glatze geklopft.
»Deutsche Sprache will nicht rein da!«

Ich hab schon wieder kichern müssen. Wann hab' ich eigentlich zum letzten Mal gekichert? Und wann war mir zum letzten Mal so warm und gemütlich? Jetzt mit einem Bruno, der mir Spaghetti mit dicker Tomatensoße bringt und für sich auch und mit mir zusammen isst und mir erzählt. Von seiner Familie in Italien, von seinen Großeltern, die haben einen Bauernhof auf Sizilien. Er erzählt vom Meer, wie es blitzblau und still daliegt und vom Meer, wenn es grau und stürmisch ist. Und von den Tieren auf dem Bauernhof, sie lieben besonders ihre Hühner und der Hahn heißt Attila und der wohnt am liebsten in der Küche und als er noch ein kleiner Bruno war mit vielen dunklen Locken … Bruno lacht strahlend und streichelt seine Glatze … da hat der Attila sogar in seinem Bett geschlafen, wirklich wahr. Und heiß waren immer die Sommer und es hat so gut gerochen nach würzigen Kräutern und alles wächst da wild … Brunos Deutsch gerät ihm etwas auseinander, ich verstehe ihn trotzdem. Er hat Heimweh.
»Das hätte ich auch«, hab ich gedacht. »Wenn ich Großeltern hätte, die erlauben, dass ein Gockelhahn in meinem Bett schläft.«
So was hab ich alles nicht. Den letzten Rest köstlicher roter Tomatensoße löffele ich … und da fällt mir wieder ein, wann mir zum letzten Mal so warm und glücklich war. Die warmen großen Hände auf meinen Schultern, mein Schutzengel im roten Anorak, der so erschrocken ist.
Der sich so um mich gesorgt hat. Vergessen hab ich's ganz bestimmt nicht. Aber weggeschoben. Musste ja sein. Er ist ja verschwunden …
»Du träumen in Spaghetti!«
Bruno hat mir sanft den Löffel aus der Hand genommen. »Wie du heißt, Signorina? Dürfen ich fragen?«

Ja klar darf er fragen. »Dodo!«, hab ich gesagt und nicht »Dorabella« oder »Dora«. Einer, der einem die Tür öffnet, auch wenn's geschlossen ist, der einem Kakao bringt und wunderbare Spaghetti, der sich zu einem setzt und erzählt und der einen nicht tröstet, weil man zu dick ist, mit so blöden Sätzen wie »Mit Sport und Diät kriegst du das schon hin« oder »viele Kinder sind heute übergewichtig, das ist ein Elend« oder »Vielleicht verwächst sich das, wenn du älter bist« … einer, der solche Sätze nicht sagt, sondern sich einfach freut, dass die kleine Signorina da ist, so einer verdient doch, dass man ihm den richtigen Namen sagt.
»Dodo« hat Bruno gesagt und bei ihm hat's geklungen wie eine kleine Melodie.
»Du kommen wieder?«
Ja klar komme ich wieder. Wenn ich darf.
»Offen immer für Dodo«, hat Bruno gesagt und mir den Mantel zugeknöpft. Und die Kapuze über den Kopf gezogen.
»Deutsches Regen draußen schlimm! Du kommen gut heim, Dodo?«

Den Satz von Bruno »Du kommen gut heim, Dodo?« habe ich am Abend mit ins Bett genommen zu Teddy-Teddy.
Mom ist zu spät gekommen für einen Gute-Nacht-Gruß. Ich hab trotzdem schöne Träume gehabt.
Bruno ist ein bisschen wie ich. Ein bisschen fremd hier. Bloß ist er nicht so dick wie ich, er ist ein schöner Bruno …

Kapitel 6

Am nächsten Morgen: Überraschung!!! Mom verkündet beim Frühstück so ganz nebenbei, dass Schätzchen sich bitte beeilen möge, vermutlich warte das Taxi schon, denn jetzt ginge es, husch husch, in die Oper.

Was denn! Ich darf mit? Und jetzt gleich?

»Habe ich das nicht deutlich gesagt?« Mom sucht nach ihrem Schal.

Der hängt da, wo er immer hängt. Sofort bringe ich ihn ihr und ziehe mich an, so rasch es geht.

Es geht rasch, wenn man sich freut.

Ich darf mit und der graue alleinige Tag wird bunt!

»Schnell, Mom, das Taxi wartet!« Ich gucke aus dem Fenster.

»Umso besser«, sagt Mom und noch eine Überraschung! Sie nimmt meine Hand und Hand in Hand springen wir die Treppe runter und hätte Mom den Schal nicht bis zur Nasenspitze hochgewickelt, dann hätte ich wahrscheinlich sehen können, dass sie lächelt. Da ist die Schuhschachtelwohnung wirklich ein Vorteil, denn auf Hoteltreppen geht so ein Hüpfen nicht, da muss die Mom ja Gloria sein …

Im Opernhaus ist Mom natürlich sofort wieder zur Gloria geworden. Macht aber nichts, das kenne ich ja schon!

Hier ist die Arbeit schon in vollem Gange. Das Haus summt! Überall wird gearbeitet, man hört es in der Schreinerei hämmern und sägen, in der Schneiderei wird genäht und geschwatzt, in der Maskenbildnerei werden Perücken geknüpft und geschwatzt und überall ist man beschäftigt mit »Hänsel und Gretel«. Man baut am Hexenhaus und riesige Leinwände werden bepinselt. Da entsteht der dunkle Wald, wo Hänsel und Gretel sich verirren werden.

Aus vielen Zimmern ertönt Musik, mal Gesang, mal spielt eine Flöte, und es riecht wunderbar staubig, nach Puder, nach Leim, nach Parfüm und nach Kaffee. Ich renne hinter Gloria her und schnuppere. Was für vertraute Gerüche! Und hier sind so viele Gänge und Treppen rauf und runter, riesig ist dieses Opernhaus. Die neuen Gänge und Treppen und fremden Türen kenne ich nicht, aber die Töne und die Gerüche sind vertraut. Wirklich wahr, viel vertrauter als es die eigene Wohnung ist.

Ist nicht hier mein eigentliches Zuhause?

So viele Menschen rennen auf den Gängen, wedeln mit den Zetteln, schwatzen was. Sie haben Kaffeebecher in den Händen. Es wird viel gelacht und dauernd werden Küsschen in die Luft verteilt.

Meistens von Sängerinnen und Sängern und die Küsschen treffen auch Gloria und sie strahlt, das kann ich an ihrem Rücken deutlich sehen. Sie gehört jetzt dazu.

Ich haste Gloria hinterher, aber immer schön mit Abstand. Ich

weiß ja, Gloria ist das lieber. Ein Kind, und schlimmer, ein dickes Kind, passt nicht zu ihr.
Gloria winkt nach links und rechts, verteilt Luftküsschen wie die anderen und lässt ihre roten Locken schwingen. Ihre Augen strahlen. Und fragen: Kennt man mich? Mag man mich?
Dass ihr Kind hinter ihr herläuft, das hat sie vergessen. Muss sie doch auch vergessen, hier ist sie ja nicht Mom, hier ist sie ja Gloria, und da haben Kinder keinen Platz.
Aber dann bleibt Gloria stecken, mitten auf der Treppe, in einer Kinderherde. Die drängeln runter, Gloria drängelt rauf. Ich bleibe stehen.
Wo kommen denn jetzt hier so plötzlich so viele Kinder her? Aber dann weiß ich's schon. Klar, das ist der Kinderchor, die haben Probe, die müssen in den Musiksaal. In »Hänsel und Gretel« sind auch viele Kinder dabei, die Lebkuchenkinder, die Engel. Weiß ich doch, ich kenne die Oper gut.
Eine rundliche Frau, ein richtiges Großmütterchen, mit einem zarten Lächeln im Gesicht und dünnen, weißfedrigen Haaren breitet die Arme aus und will die kichernde und schwatzende Kinderhorde an Gloria vorbeischeuchen. Da bleibt Gloria einfach stehen, mitten auf der Treppe in der Kindermenge. Was macht sie denn da? Ich recke mich hoch.
Sie tätschelt Kinderköpfe! Sie streichelt Kinderwangen! Sie lächelt, sie zwitschert was. Lässt ihre Finger flattern zum Gruß zu der freundlichen Kinderchor-Betreuerin! Die lächelt zurück und winkt und treibt die Kinderherde vorwärts, zum Musiksaal. Die Kinderchor-Probe wartet dort.
Ich hab mich zur Seite an die Wand gedrückt. So viele Kinder brauchen Platz, ganz klar. Die trampeln an mir vorbei, als gäb's mich gar nicht. In meinem Bauch hat's ein bisschen gepiekst. Wie liebevoll Gloria gestreichelt und getätschelt hat!

Schnell weg mit dem pieksigen Gedanken. Es sind doch ganz klar Kollegen von Gloria, die werden am Abend bei der Vorstellung zusammen mit ihr auf der Bühne sein. Ich ja nicht. Ganz klar.
Aber dass dann im Vorbeigehen, die Kinder sind schon weggestürmt, die freundliche Großmama mit dem schönen Lächeln mir ganz kurz über mein Stoppelhaar gestreichelt hat, das hat mich doch gefreut … Wahrscheinlich hat sie das auch bloß gemacht, weil sie begriffen hat, dass ich die Tochter von der neuen Sängerin Gloria bin. Da muss man nett sein … Den Kindern war ich egal.
Wie dünn die alle sind, da war kein einziger Fettsack dabei!
Gloria ist sofort weitergetänzelt. Umgeschaut nach mir hat sie sich nicht.
Ich bin stehen geblieben.
Was mache ich eigentlich hier! Immerzu hinter Gloria herrennen und nicht bemerkt werden? Ich könnte doch gerade so gut einfach umdrehen und raus aus dem Opernhaus und rein in den Bus … es gibt einen, der in unser graues Viertel fährt, ich hab's gesehen, der hält nahe beim Würstchenstand. Da wäre dann auf jeden Fall Josef, der Würstchenmann, der freut sich, mich zu sehen. Weil ich eine gute Kundin bin.
Oder aber, ich könnte doch mich trauen und wieder bei Bruno anklopfen. Für mich ist »Bella Italia« immer offen, hat er doch gesagt. Der freut sich auch, mich zu sehen. Weil er mir Heimweh-Geschichten erzählen kann, die sonst wahrscheinlich auch keiner hören will. Alles besser, als hier der dicke Klotz am Bein zu sein …

Aber natürlich habe ich mich wieder in Trab gesetzt. Hinter Gloria her. Wie immer … Gloria ist schon ganz dahinten im

dunklen Gang mit den vielen Türen. Ich muss mich eilen, denn wenn ich sie hier aus den Augen verliere, wie soll ich sie dann wiederfinden in diesem unbekannten Opernhaus?
Da ist sie, vorne an der Treppe. Gott sei Dank. Sie hat auf mich gewartet … OH NEIN!!!
Ich bleibe auf der Stelle stehen, wie festgenagelt.
Meine Backen glühen. Meine Hände sind eiskalt. Mein Bauch ist tiefer gerutscht und zwickt.
Gloria hängt am Hals von einem jungen Mann! Baumlang ist der und er tätschelt ihren Rücken und sie zwitschert was und Küsschen in die Luft und über Glorias Kopf leuchten Segelohren, rot wie ein roter Anorak.
Keinen Schritt kann ich mehr tun.
Gloria jubelt entzückt, wie nur Gloria jubeln kann:
»Karlchen, liebes Schätzchen, wie schön, dich zu sehen! Wir treffen uns auf einen Kaffee in der Kantine? Ja, Schätzchen? Jetzt habe ich zu tun, aber was sage ich dir da, unser Karl, unser Mädchen für alles, kennt ja den Probenplan für uns Sänger auswendig, habe ich recht, lieber Schatz?«
Und ein silberhelles Trillerlachen und wieder Küsschen, in die Luft.
Ich höre es, ich sehe es und wäre da jetzt eine Fee und ich dürfte mir was wünschen, dann wünschte ich mir nur Eines:
»Bitte eine Tarnkappe. Sofort.«
Die Segelohren habe ich gleich erkannt. Mein Schutzengel!
Und an seinem Hals hängt Gloria und er heißt Karl!
Keine Fee ist gekommen und hat mich erlöst. Gloria hat ungeduldig gewunken:
»Nun setz dich in Bewegung, Schätzchen. Hier ist Karl, unser Oberschatz. Du hast doch Zeit? Ich nämlich nicht, du weißt.«

Und wieder Trillerlachen und Küsschen in die Luft.
»Meine Tochter, unser Karl. Vertragt euch, Schätzchen.«
Und damit war sie weg. Winkefinger noch rechts und links. Gloria hat es eilig. Sie lässt mich einfach alleine.
Mit heißen Backen, und wahrscheinlich glühen meine grässlichen Sommersprossen so rot wie vorher seine Segelohren, so stehe ich da und da ist ein grässliches Durcheinander.
Weg sein wollen, da sein wollen, nicht wissen wollen, doch wissen wollen ... furchtbar! Es war, als würde ich noch dicker werden von allen den Gefühlen, die in mir rumgesaust sind wie eine Kugel. Weil mein Schutzengel vor mir steht und nicht verschwindet, und mich angrinst, von einem Ohr zum anderen, und mir nicht die Hand hinstreckt zum Guten-Tag-Sagen. Sondern sie warm auf meine Schulter legt.
Die warme große Hand ist wie ein Augenblinzeln, nur mit der Hand ...
Er hat mich erkannt. Sofort! Und Gloria nichts davon erzählt!
»Jetzt wüsste ich doch gerne, wie das Kind heißt, das mich zum Schutzengel hat werden lassen.«
Karl hat wieder gegrinst, ein richtiges Breitmaulfrosch-Grinsen. Ich hab kichern müssen. Mein Schutzengel ist ein Breitmaulfrosch. Aber das Kichern habe ich schnell versteckt hinter der Hand vorm Mund und geflüstert: »Dorabella!«
»Ach!«, hat Karl gesagt und mich vorwärts geschoben. »In den Namen musst du aber erst noch hineinwachsen, der ist ein paar Nummern zu groß. Darf ich Dodo zu dir sagen?«
Was? Hätte Karl nicht meine Hand genommen und mich weitergezogen, ich wäre stehen geblieben. Woher weiß er denn meinen richtigen Namen?
»Schutzengel wissen alles, das ist bekannt!«, hat Karl gegrinst und ein Trompetenlachen ausgestoßen, so laut und fröhlich,

dass viele, die hier auf den langen Gängen herumgeschwirrt sind, mitgelacht haben.
»Dodo passt zu dir und jetzt marschieren wir in die Kantine und lüpfen dort einen, einverstanden?«
Ja, und wie! Karl kümmert sich um mich, weil er mein Schutzengel ist? Weil Gloria es befohlen hat? Ist egal! Wir lüpfen einen!
Ich muss rennen, um mit den meterlangen Beinen von Karl Schritt zu halten. Kantine kenne ich, das ist der Pausenraum für alle, die in der Oper zu tun haben, da essen sie was, da schwatzen sie was, da trinken sie was, da ist es immer bunt und lustig.
»Aber lüpfen?«, frage ich und Karl singsangt und schwenkt meine Hand im Takt: »Tee, Kaffee, Wasser, Bier, Wein, Limo, Limo, Limo!«
Kein Mensch hier wundert sich über seinen lauten Singsang, gesungen wir hier ja sowieso dauernd.
Aber dass Leute ihm auf die Schulter tippen, was von ihm wollen und dass Karl sich dann immer höflich verbeugt und sagt: »Tut mir leid, keine Zeit, ich bin ein Schutzengel« und dabei meine Hand nicht loslässt, so was ist neu für mich.

In der Opernkantine, ein riesiger Saal, ein richtiges Gewölbe, ist es laut und heiß und knallvoll. Es duftet nach Kaffee. Viele Sänger und Musiker haben Pause, an den Tischen wird schallend gelacht. Bei den Bühnenarbeitern mit den blauen Latzhosen auch, viele haben ein Bier vor sich stehen.
Und bei den Ballett-Tänzern, furchtbar mager sind die, da steht bloß Wasser und es wird gekichert.
Wie gut ich das alles kenne! Wie bunt und lebendig das hier doch ist! Und wie heiß! Ich schwitze, aber den dicken Mantel

ziehe ich nicht aus, auf keinen Fall! Karls Blicke, ich sehe es sofort, wandern hin zu vielen Tischen, er winkt, er lacht sein Trompetenlachen. Bühnenarbeiter prosten ihm zu mit dem Bierglas und einer ruft:
»Na, Jungchen, heute mal mit Damenbesuch? Ganz was Neues!«
Lautes Gelächter und Karl lacht mit. Einer der Sänger, es muss einer sein, das sieht man an seinem halbfertigen Kostüm, streckt den Daumen hoch und blinzelt Karl zu. Der blinzelt zurück. Am Tänzer-Tisch wird getuschelt und noch mehr gekichert und einer in einem verschwitzten T-Shirt lässt seine Finger tanzen so hübsch wie Schmetterlinge und ich höre genau, was er über den Kantinen-Lärm hinweg ruft:
»Karl, mein Karlchen, du schlimmer Bube du!« Worauf noch mehr gekichert wird. Und was macht Karl? Er streckt ihm einfach die Zunge raus. Die Bühnenarbeiter lachen und klatschen Applaus und ich hab keine Ahnung, was sie meinen.
Ist auch egal. Ich bin wieder im Opernhaus. Und da ist eben immer Oper, auch in der Kantine, und immer ist es ein bisschen zu laut und zu viel.

Karl hat zusammen mit mir eine verbotene, zuckersüße Limo getrunken und überhaupt nicht drauf bestanden, dass ich den schwitzigen Mantel ausziehe. Er ist nicht von Tisch zu Tisch gesprungen, wie Gloria es gemacht hätte. Kollegen begrüßen, Komplimente verteilen, Komplimente hören wollen. Er ist einfach bei mir sitzen geblieben und hat mich angegrinst mit dem lustigen Breitmaulfrosch-Grinsen. Nur einmal hat er ganz kurz auf meine Nase getippt. Ich bin zurückgezuckt. Jetzt hat er's gemerkt! Auch meine Nase ist zu dick! Dicke Nase, dickes Kind …

Aber Karl hat nur gefragt: »Das sind doch echte Sommersprossen, von der Natur gemacht?«
Ich habe genickt. Ja, leider. Auch diese blöden Sommersprossen gehören mit zu meinem Kummer.
Ich hab aber gar nichts sagen müssen. Karl hat so ausgesehen, als wäre er mit den Sommersprossen voll einverstanden.
»Als kleiner Junge habe ich mir immer Sommersprossen gewünscht. Weil man mir gesagt hat, der liebe Gott tüpfelt sie dir ins Gesicht als Belohnung, wenn du ein gutes Kind bist.«
»Und hast du das geglaubt?« Ich bin erschrocken. Die Frage ist mir einfach so rausgerutscht, zusammen mit dem »Du«.
Was wird er denn jetzt sagen? Wird er beleidigt sein? Gar nichts hat er gesagt. Er kam gar nicht dazu. Über den Lautsprecher tönte ins Stimmengewirr hinein:
»Karl, bitte auf die Probebühne zwei, dein Typ wird verlangt, es brennt!« Karl hat die Augen verdreht, ist aber sofort aufgesprungen.
»Wahrscheinlich ist denen der Kaffee ausgegangen!«
Und mit einem tiefen Seufzer:
»Dodo, tut mir leid, aber ich bin hier eben das Mädchen-für-alles und immer wenn es brennt, und es brennt ja hier unentwegt in diesem Chaotenhaufen, flugs springt herbei der gute Karl. Zum Trösten, zum vergessene Noten bringen, zum Hinterhertelefonieren, zum Kaffeebringen. Ich bin der beste Kaffeebringer von der Welt.«
Karl hat die Arme theatralisch noch oben geschmissen und laut gestöhnt: »Es sind doch fast immer Petitessen.«
Was? Soll ich jetzt fragen oder nicht? Ich hab nur begriffen, er muss weg und zwar sofort.
Kommt er denn wieder?
Er hat sich zu mir runtergebeugt, der lange Karl, und leise ge-

sagt: »Ich wäre lieber hier bei Dodo geblieben anstatt bei den Petitessen.«
Dann hat er einen Bierdeckel genommen und groß drauf »Petitessen« gekritzelt und dazu gegrinst:
»Petitessen, das sind Kleinigkeiten, meistens überflüssige. Das hübsche Wort schenke ich dir.«
Damit war er weg. Ich hab deutlich sehen können, wie stolz er war, dass man ihn gerufen hat. Seine Segelohren haben geleuchtet. Und er hat nicht gesagt, ob er wiederkommt.
Ich hab alleine am Tisch gesessen und den Bierdeckel mit dem fremden Wort um und um gedreht, er war schon ganz zerknautscht. Ich hab immerzu zur Kantinentür geschaut, die hinter Karl zugeklappt ist und gewartet. Warten kann ich gut. Karl ist nicht gekommen. Ich hab mich am Bierdeckel festgehalten, er hat mir ein neues Wort geschenkt. Aber mehr noch hab ich mich an seinem Satz festgehalten:
»Ich wäre lieber hier bei Dodo geblieben, als …«

Niemand hat mich beim Warten gestört. Hin und wieder ist einer vorbeigekommen und hat ein paar nette Worte zu mir gesagt. Ganz klar, Kollegen von Gloria, die schon wussten, dass ich ihre Tochter bin. Zu der ist man nett, so was kenne ich schon.
Da schwingt die Kantinentür weit auf, ich zucke zusammen.
Karl? Nein, es ist Gloria!
Hätte ich mir ja schon denken können. Wenn eine Tür so weit aufschwingt … Gloria braucht ihren Auftritt, und wenn es bloß in der Kantine ist. Sonst bin ich immer so froh, wenn sie endlich kommt. Aber jetzt ist es irgendwie anders.
Gloria steht da, strahlt, schüttelt ihre Locken und winkt über meinen Kopf hinweg zu den Kollegen-Tischen. Da wird heftig zurückgewunken. Gloria ist glücklich und ich knete meinen

Bierdeckel in den schwitzigen Händen. Man kann das schöne Wort kaum noch lesen, aber ich weiß es längst auswendig. »Petitessen«, überflüssige Kleinigkeiten. So was bin ich für Gloria?
»Schätzchen, jetzt komm, bitte, ich bin todmüde.« Und dabei strahlt Gloria einen Tänzer in einem verschwitzten Trikot an, der ihr ein Kompliment macht. »Entzückender Pelz! Der ist doch hoffentlich nicht echt? Die armen, armen Tiere!«
Natürlich ist der nicht echt, sauteuer war er trotzdem und die todmüde Gloria tauscht eifrig Meinungen aus mit dem rappeldürren Tänzer über Tierschutz und dass es genauso schöne Pelze künstlich gibt, aber warum nur müssen die beinahe genauso teuer sein? Gelächter und vereintes Seufzen und ich stehe längst schon da mit dem Bierdeckel in der Hand.
»Den Schmutz lasse bitte da!«, sagt Gloria und rauscht aus der Tür.
Den »Schmutz« lasse ich ganz bestimmt nicht da, der steckt schon längst in meiner Manteltasche. Mein Schutzengel ist schon wieder davongeflattert.

Im Taxi wird Gloria wirklich zur müden Mom. Sie schweigt.
Der Taxifahrer knurrt und kurvt fluchend in das immer langweiliger werdende Viertel, halb draußen aus der Stadt. Schon wieder Schneeregen, schon wieder rutschige Straßen.
Ich möchte so gerne Mom befragen, sie soll mir erzählen von Karl. Sie kennt ihn doch, sie hat ja schließlich an seinem Hals gehangen, und ihn sogar Karlchen genannt.
Aber Mom schweigt, lehnt müde im Autopolster und beklopft mit leichtem Trommelwirbelfinger ihre Schläfen. Der Tag war stressig. »Schätzchen, das verstehst du doch?« Ja klar, Mom. In meiner Manteltasche raschelt der Bierdeckel. Wenigstens das!

Das Abendessen mit der müden Mom war spärlich wie immer. Mom hat geschwiegen und ich hab am Knäckebrot gekaut.
Ich hab versucht, nach Karl zu fragen, aber Mom hat bloß zerstreut gesagt: »Ja nun, Dora, Karlchen ist eben Karlchen, unser Mädchen für alles im Opernhaus.« Mom ist mit den Gedanken woanders. Bestimmt im Opernhaus ... und von Karl habe ich nichts Neues erfahren.
»Darf ich morgen wieder mitkommen, Mom?« Diese wichtige Frage wollte einfach nicht aus mir raus. Weil Mom sicher sofort verstanden hätte, es geht mir um Karl und nicht um Gloria, das hätte ihr ganz bestimmt nicht gefallen.
Mom ist in ihr Zimmer verschwunden und ich ins Bett. Den geknautschten Bierdeckel habe ich mitgenommen, zu Teddy-Teddy.

Kapitel 7

Der Winterhimmel will nicht freundlich werden. Dicke graue Wolken, grau wie die Würfelhäuser, wandern hin und her und erlauben der Sonne nicht, mit ein paar Sonnenstrahlen die trüben Fenster leuchten zu lassen. Dann doch wenigstens dicker weißer Schnee! Keiner in Sicht.

Mom ist ins Opernhaus gefahren und ich wandere durch die Wohnung, aufgeräumt ist längst. Im kahlen Zimmer stehe ich lange und schaue die leeren Wände an. Hier lebt nichts drin, nicht mal ein Stuhl, ein lebloses Zimmer, das niemand braucht. Gleich wird mir fröstelig, das Zimmer ist so allein wie ich. Gut, dass ich den alten Bademantel um mich wickeln kann. Den hab ich von Mom geerbt, sie fand ihn hässlich. Zu blau. Und für mich ist er wunderbar zu groß und zu lang und kneift nirgends und immer noch riecht er nach Mom und ich kann gut darin verschwinden.

Und warm eingewickelt und ein bisschen versteckt am Fenster

stehen und die Wolken betrachten und die Straße, als sollte da wer kommen. Einer mit den schönsten Segelohren der Welt …
Blödsinn! Was für ein doofer Gedanke!
Gar nicht so doofer Gedanke! Ich muss ihn doch bloß umdrehen! Kommt Karl nicht, dann komme ich!
Mein Herz klopft plötzlich wie blöd. Ich fahre in die Stadt!
Wo der Bus hält, weiß ich ja. Ich könnte auch mit dem Taxi fahren, wie Mom, Geld habe ich immer genug, das lässt mir Mom immer da und zählt nie nach. Aber Taxifahren trau ich mich nicht. Taxifahrer gucken immer so komisch, wenn da ein Kind alleine einsteigt. Im Bus wundert sich keiner. Ob es Mom recht ist, wenn ich jetzt einfach in die Stadt fahre, anstatt mich hier herumzulangweilen, darüber denke ich nicht nach.

Und dann hab ich vorm prachtvollen Opernhaus gestanden, mitten im ekligen Nieselregen, mein Herz hat geklopft. Ich hab mich in meine Kapuze verkrochen und mein mutiger Gedanke: »Dodo, nun mach mal was!«, der ist hier in der Stadt vorm Opernhaus wieder blöd und falsch geworden.
Im Opernhaus wartet überhaupt kein Mensch auf Dodo!
Es nieselregnet auf mich drauf, meine Nase läuft, die putze ich ab am Mantelärmel. Mom würde das hassen … Sie sieht's ja nicht. Mir ist kalt, mein Bauch ist schwer. Dodo, jetzt bloß nicht heulen.
Ich bin ins Kaufhaus gegangen. Da bin ich Rolltreppe gefahren, beinahe eine Stunde lang. Rauf und runter. Dann habe ich mir zwei Tafeln Schokolade gekauft und dazu drei Tüten Chips.
Dann habe ich mir noch einen Hamburger gekauft, einen doppelstöckigen.
Dann bin ich mit meinen Schätzen mit dem Bus wieder zur Schuhschachtelwohnung gefahren.

Da habe ich mich auf die glitschigen Stufen vor unserer langweiligen Haustür gehockt und alles, aber auch alles, in mich reingestopft. Wen kümmert's? Mein Bauch ist noch schwerer geworden. Gut so. Dann weiß ich doch wenigstens, warum!

Kapitel 8

Jetzt habe ich aber Glück! Ich bin krank geworden! Kopf tut weh, Hals tut weh, Bauch tut weh und Fieber habe ich auch. Ich liege im Sonne-Mond-und-Sterne-Bett und halte die Pfote fest von Teddy-Teddy. Der Bierdeckel … wo ist der Bierdeckel?
Gloria ist furchtbar nervös, sie muss jetzt eine Mom sein, die Kamillentee kocht. Ich trinke brav, es hilft nicht, Mom kocht noch mehr Kamillentee. Und wird immer nervöser, weil der auch nicht hilft.
Wenn ich den Kopf hebe, mühsam, weil der schmerzt, dann sehe ich die unruhigen Augen der nervösen Mom.
Warum ist das Kind so plötzlich krank geworden?
Von den nassen Treppenstufen habe ich nichts gesagt. Ich war zu müde dazu. Von dem Gefresse der verbotenen Sachen habe ich auch nichts gesagt, ich habe mich geschämt. Ich habe überhaupt nichts gesagt, ich habe geniest, ich habe gehustet, ich habe gekotzt, und das war für Mom das Allerschlimmste.

»Schätzchen, brauchen wir einen Arzt?« Mom, mit frischem Kamillentee, steht vor meinem Bett. Ich schüttle den Kopf. Natürlich brauche ich keinen Arzt. Ich brauch doch bloß Mom, die sich um mich kümmert. Im Hotel waren es immer die Zimmermädchen, die haben mir meine Medizin gegeben und haben meine Kotze aufgewischt und Gloria hat sie dafür gut bezahlt.

Hier sind aber jetzt keine, hier ist Mom, die lieber Gloria wäre. Aber die auch weiß, ein krankes Kind lässt man nicht alleine. Sie muss bleiben, ob sie will oder nicht. Krank sein ist wirklich gut!

Nein, ist es nicht. Mom flattert herum, deckt mich gut zu, deckt mich wieder auf, um nachzuschauen, ob rote Pünktchen bei mir zu sehen sind. Masern vielleicht, das wäre eine Katastrophe. Nein, keine roten Pünktchen, Mom deckt mich aufatmend wieder zu. Aber das Fieber, der Schnupfen, das Bauchweh, der Husten …

Mom ringt die Hände und schaut dabei heimlich immer wieder auf die Uhr. Sie muss in die Oper, sie hat Probe, heute ist die erste Probe zusammen mit den Musikern, da singen die Sänger das, was sie vorher einstudiert haben. Die Probe ist wichtig. Sie darf sie auf keinen Fall verpassen. Ich weiß es, aber heute möchte ich es nicht wissen.

»Schätzchen, es geht dir doch schon besser?« Mom fragt hoffnungsvoll und legt eine herrlich kühle Hand auf meine Stirn. »Mir scheint, dass dein Fieber gesunken ist! Du wirst sehen, lieber Schatz, im Schwuppdiwupp bist du wieder gesund!« Und sie lächelt mich strahlend an und streichelt mir liebevoll über die verschwitzten Haare, dass ich nur murmeln kann: »Ja klar, Mom.« Meine Nase ist verstopft, es klingt nicht schön. Sofort schiebt Mom den Stapel Taschentücher näher ans Bett und flüs-

tert zärtlich, ja, wirklich zärtlich: »Ich weiß doch, auf mein Schätzchen kann ich mich verlassen.«
Sie flattert weg, und gleich wieder her, mit einer heißen Wärmeflasche für die Füße und einem kalten Eisbeutel für die Stirn, sie holt das Telefon, legt es nahe neben mein Kopfkissen.
»Ich rufe dich an Schätzchen, jede Stunde, und jetzt schlafe dich gesund, das kannst du doch so gut.«
Und weggeflattert ist sie. Ich hab's ja gewusst!

Sie ruft an. Manchmal hebe ich den Hörer ab, manchmal nicht. Manchmal schwitze ich, manchmal friere ich. Arme und Beine fühlen sich an wie dicke, schlaffe Gummiwürste. Und manchmal bin ich einfach im Fieberboot, das schwappt mit mir hoch und runter, und dann ist mir schlecht, aber nicht sehr.
Manchmal ist Mom da und manchmal nicht. Wenn sie da ist, gibt es Medizin und Kamillentee ohne Ende, ein bisschen Toast, der kratzt im schmerzenden Hals, ein bisschen Obst. Das kratzt dann nicht, das beißt. Und wenn Mom nicht da ist träume ich, gewickelt in den geerbten Bademantel von Mom, vor mich hin. Von einem Trompetenlachen, von der süßen Limo in der Kantine, von warmen Händen auf meiner Schulter und von den kühlen Mom-Fingern auf meiner Stirn. Teddy-Teddy hilft mir beim Träumen, der ist immer da. Der Bierdeckel mit den Petitessen ist verschwunden. Mom wird ihn weggeschmissen haben. Den Schmutz …

»Schätzchen?« Ich zucke zusammen. Wo ist Teddy-Teddy?
Er muss aus dem Bett gefallen sein.
Mom steht in der Tür, gewickelt in ihren Pelz.
Ich huste und frage sofort: »Du hast bestimmt heute schön gesungen, Mom, oder?«

Aber heute erzählt sie nichts. Sie lächelt geheimnisvoll und legt den Finger auf ihre Lippen, der wird lippenstiftrot. »Pssst, kleines Schätzchen!«
Und dann strahlt sie und schüttelt ihre roten Locken: »Überraschung!«
In der Tür, neben Mom, erscheint plötzlich … Karl!
Hält eine dicke Matte in seinen Armen und seine Segelohren glühen rot über Moms Kopf hinweg. Ein Rucksack hängt auf seinem Rücken, Taschen stapeln sich neben seinen Füßen.
Ich hocke aufrecht im Bett. Wie festgefroren. Karl!!! Husten, Schnupfen, Fieber, wie weggeflogen! Karl ist da!
Und nur ein Gedanke saust in meinem Kopf herum:
»Wie gut, dass ich den großen Bademantel anhab!«
Mom zieht Karl ins Zimmer. Karl lächelt sein wunderschönes Breitmaulfroschlächeln. Er möchte was sagen, er kommt nicht dazu, Mom setzt sich zu mir aufs Bett, hebt sogar Teddy-Teddy auf und drückt ihn mir in die Arme.
»Dora, unser Karlchen hast du ja schon kennen gelernt, nicht wahr, Schätzchen?« Ich nicke erschrocken. Hat Karl Mom erzählt, das auf der Straße, das mit dem Auto, das mit dem Schutzengel?
Karl hinter Moms Rücken schüttelt den Kopf, legt den Finger an seinen Mund … Geheimnis. Dann wackelt er mit beiden Händen an seiner Schulter. Flügel, Schutzengelflügel, das sieht so komisch aus, richtig ein bisschen blöd. Ich muss lächeln und Mom hat nichts gemerkt.
»Nun hat unser Karlchen leider Pech gehabt, der Arme, er ist aus seiner Wohnung geflogen, die wird renoviert, stimmt doch, Schätzchen?« Mom dreht sich zu ihm um. Karl will was sagen, er kommt nicht dazu. Zuckt die Schultern, verdreht die Augen. Gloria ist in voller Fahrt.

»Und da haben wir uns gedacht, Schätzchen …« und diesmal gilt das »Schätzchen« mir.
»Da haben wir hier doch bei uns dieses höchst überflüssige Zimmer, und da wäre es doch eine wunderbare Lösung, für ihn, für uns, unser Karlchen zieht bei uns ein, was hältst du davon?«
Ich möchte was sagen.
»Jubel!«, möchte ich sagen. »Freude!«, möchte ich sagen oder mindestens ein »Ja klar!« Ich komme nicht dazu.
Mom nimmt mich in die Arme, drückt mich, drückt auch gleich den Teddy-Teddy mit und flüstert in mein verschwitztes Stoppelhaar:
»Jetzt muss ich mir doch keine Sorgen mehr machen, du weißt doch, Schätzchen, Sorgen schaden meiner Stimme, sie will dann nicht klingen, das weißt du doch. Habe ich doch hier mein allerliebstes Süße-Kind, für das ich sorgen muss.« Ich halte ganz still, natürlich weiß ich das alles. Und wundere mich nicht über das neue »Süße-Kind«. Hier im Zimmer sind nicht nur zwei, sondern drei. Zwei sind Mutter und Kind, der Dritte ist Publikum. Und das soll ganz genau hören, wie Mutter ihr Kind lieb hat und für es sorgt. Ach, Mom …
»Ich habe mein Bett gleich mitgebracht!« Karl hat gegrinst und die gerollte Mattenwurst geschwenkt.
Startzeichen für Mom. Sie darf ab sofort wieder Gloria sein. Den beiden Schätzchen geht es gut, alles organisiert, das Kind ist fieberfrei und versorgt. Sie kann wieder gehen. Heute Abend in der Oper ist »Zauberflöte«, die möchte sie nicht verpassen.
Könnte ja sein, in dieser zauberhaften Mozart-Oper wird sie auch einmal singen dürfen, vielleicht sogar die »Königin der Nacht«!
Die Tür fällt zu mit einem Winke-Winke von Gloria und Luft-

küsschen hin zu Karl und zu mir. Karl hat Küsse zurückgeschickt, da war die Tür aber schon zu.

Mit nackten Füßen, eingewickelt in den Bademantel, stehe ich im Flur. Ich will ins Badezimmer. Meine Nase läuft, wie peinlich … Stumm reicht Karl mir ein Taschentuch. Wie riesig lang und dünn der Karl doch ist! Ich schnäuze mich und am liebsten wäre ich hinterm Taschentuch versteckt geblieben.
Karl ist gekommen … wird er denn auch bleiben wollen?
Das kahle Zimmer ist so unfreundlich und sowieso ratzekahl leer und ich weiß gar nicht, ob die Küche aufgeräumt ist und das Badezimmer, ich war doch krank und Mom meint doch immer noch, sie ist auch hier Gloria und schmeißt die Handtücher auf den Boden. Wenn Karl das alles jetzt eklig hier findet, wenn er wieder lieber gehen will?
»Ich räume schnell auf«, hab ich gesagt. Aber Karl versperrt mir den Weg, hält immer noch seine Bettwurst in den Armen.
»Du hast keine Hauspuschen an!«
»Was?«
Karl zeigt mit der gerollten Bettwurst auf meine nackten Füße.
»Hauspuschen! Dodo, hier im Winter fußnackig rumzulaufen, tut dir nicht gut. Tu mir den Gefallen, zieh Hauspuschen an!«
Da merke ich plötzlich, wie kalt meine Füße sind. Und eigentlich viel zu wackelig, um in Küche und Bad aufzuräumen.
»Hauspuschen hab ich keine«, hab ich gewispert.
»Ach!«, sagt Karl und lässt die Bettwurst fallen. »Dann werde ich dich ja wohl tragen müssen!«
Ehe ich was sagen konnte und ehe ich mich vielleicht hätte wehren können, laufen kann ich doch selber, die Füße sind ja nicht krank, hat er mich schon hochgehoben. Ich hab noch gedacht, gleich falle ich runter, ich bin doch so schwer. Da hat er mich

einfach in mein Bett getragen. Die Tür hat er weit aufgelassen. Damit ich sehen kann, wie er sein neues Zimmer bezieht.
Da habe ich schon gespürt, Karl wird bleiben. Mein Schutzengel flattert nicht gleich wieder weg. Denn einer, der sich um meine kalten Füße sorgt, der bleibt doch, oder?

Karl hat sein Zimmer ganz genau angeschaut, hat es abgemessen mit seinen meterlangen Beinen, hat das Fenster geöffnet, und wieder geschlossen, hat die kahlen weißen Wände gestreichelt und dabei unentwegt gemurmelt. Karl hat das Zimmer gerne. Das sehe ich deutlich. Aber es ist doch so kahl!
»Endlich Platz für alle meine Gedanken!« Karl ist durchs Zimmer getanzt, hat sich im Kreise gedreht und seine Arme, richtige Affenarme sind das, endlos lang, hat er schwingen lassen wie Windmühlenflügel. Das hat lustig ausgesehen.
Ich habe noch nie jemanden gesehen, der sich so freut über ein hässliches graukahles Zimmer, sein ganzer Körper freut sich mit. Von mir aus hätte Karl sich endlos so tanzend freuen können.
»Schluss für heute mit der Tanzerei«, schnauft Karl. »Jetzt gibt es Süppchen und Tee mit Honig, und morgen ebenfalls Süppchen und Tee mit Honig und …« Karls affenlange Arme zeigen auf meine Füße. »Und Hauspuschen!«
»Hauspuschen sind doch spießig«, sage ich.
»Wer sagt das?« Karl schleppt seine Bettwurst ins Zimmer.
»Gloria!«
»Ach!«, sagt Karl und rollt die Bettwurst aus.
»Wer hier hat die Grippe, Gloria oder du? Na also, da sind wir uns ja einig.«
Damit verschwindet Karl in der Küche. Ich kuschele mich ins Bett und horche. Karl rumort mit Töpfen und Geschirr, Kühl-

schranktür auf, Kühlschranktür zu und er redet, unentwegt. Aber verstehen kann ich nichts. Nur so viel, dass er sich unterhält mit Tellern und Gläsern und irgendwie den Kühlschrank beschimpft. Mom hat ziemlich wenig eingekauft …

Ich schließe die Augen. Es ist so angenehm, wenn jemand hier rumschwatzt und Süppchen kocht, auch wenn ich gar keinen Hunger habe. Das Tellerklappern ist so fröhlich, ich könnte endlos zuhören.

Das Schwatzen und Klappern wird immer leiser, entfernt sich irgendwie immer mehr. Ich bin wieder im Fieberboot, aber jetzt schwankt es nur ganz leicht hin und her, wie eine Wiege. Und als Karl mit dem Süppchen kommt, bin ich schon ein bisschen eingeschlafen!

Ich höre ein leises Karl-Gemurmel, ich spüre, wie ich fest zugedeckt werde. Dann ist da was Klatschnasses, Kaltes, gewickelt um meine Waden und jemand massiert ganz vorsichtig meine eiskalten Füße.

Dann bin ich ins Traumland gerutscht. Da hat Karl vor meinem Bett gesessen, im Schneidersitz auf dem Boden und ein duftendes Süppchen geschlürft. Da ist er lange sitzen geblieben. Das war doch ein Traum, oder nicht?

Kapitel 9

Die nächsten Tage sind wie frisch gewaschene Tage!
Karl ist da! Und Mom manchmal auch. Wie immer flattert sie eilig herum.
»Oh, Karlchen, Süßer, bitte kein Frühstück für mich. Kaffee genügt.« Ein Lachen mit bereits rot geschminkten Lippen am frühen Morgen. »Wir achten doch auf unsere Figur.« Sie klapst spielerisch auf Karls dünnen Bauch. Karl grinst sein Breitmaulfrosch-Grinsen.
»Dem Kind geht es gut? Ihr kommt zurecht?« Ich kriege einen Klaps auf meinen gut verpackten Bademantel-Po und schon ist sie davongeflattert. In Stöckelschuhen und das mitten im Winter!
Das Taxi wartet.
Ja, Mom dem Kind geht es gut, so gut wie wahrscheinlich überhaupt noch nie! Ja, Mom, wir kommen zurecht, und wie!
Ich hab gar nicht mehr krank sein müssen, Mom. Karl ist hier

und der frühstückt jetzt mit mir, ganz lange und ganz ausführlich, Mom! Und schau mal, Mom, ich habe dicke Socken an den Füßen. Karls Socken, bunt gekringelt, die hat er selber gestrickt, stell dir mal vor, Mom! Die hat er einfach auf mein Bett gelegt mit einem Zettel drauf: »Wir wollen bitte deine Füße wärmen, Dodo. Gruß von Karl.«
Na ja, die Socken sind viel zu groß und sie kratzen. Aber sie sind wunderschön, weil sie von Karl sind.
Karl ist schon angezogen. Jeans, blauer Pulli, handgestrickt und ganz bestimmt kratzig. Ich bin immer noch gewickelt in den großen Bademantel, auf keinen Fall ziehe ich den aus, wenn Karl da ist. Ich bin ja doch vielleicht ein kleines bisschen auch noch krank?
Wir frühstücken in der winzigen Küche. Auf dem Tisch liegt eine blauweiß karierte Tischdecke, wo hat er die denn hergezaubert? Der Tisch ist hübsch gedeckt. Müsli gibt es für uns beide, mit viel Obst. Und Tee, mit viel Honig, besonders viel Honig für mich. Der Tee ist viel zu süß, ich trinke ihn natürlich trotzdem. Karl hat mir gesagt, dass Honig wichtig für mich ist. Weil er will, dass ich wieder ganz gesund werde.
Aber ich habe gleich begriffen, ich muss nicht gesund werden, damit er sich keine Sorgen zu machen braucht und wieder davonflattern kann wie Mom. Sondern, er hat komisch mit dem Zeigefinger gewackelt und seine Ohren waren wieder knallrot … sondern, es ist ganz einfach wichtig, dass ein krankes Kind zu einem gesunden Kind wird. Ich bin ja längst wieder gesund, aber damit Karl recht behält, huste ich ein bisschen. Damit er dableibt. Sicher ist sicher …
»Karl, musst du denn nicht in die Oper?« Gewickelt in den Bademantel und mit seinen Socken an den Füßen schaue ich zu, wie Karl das Badezimmer putzt. Er pfeift dabei und schwätzt

mit den Zahnbüsten und beschimpft die Seife, sie ist ihm aus der Hand geglitscht.
Karl nickt und schüttelt den Kopf. Was soll das denn jetzt heißen?
»Doch, Dodo, ich sollte! Ich will aber nicht.«
Karl poliert den Spiegel, der für mich zum Glück viel zu hoch hängt. Für Karl allerdings hängt er zu niedrig. Er muss sich bücken, wenn er hineinschauen will. Und das will er eigentlich ziemlich oft, mindestens genauso oft wie Gloria.
Er zieht ein trauriges Clowns-Gesicht und erzählt seinem Spiegel-Gesicht: »Ach, du armes, armes Karlchen! So plötzlich bist du krank geworden! Wie mies du aussiehst, armes Karlchen! Oh, das arme Karlchen, kann gar nicht arbeiten gehen, ihm ist ja sooo übel! Überall übel! Im Kopf, im Bauch, in den Fußzehen. Denen ist es besonders übel. Wenn sie könnten, würden sie kotzen, uahhh, uahhh.«
Ich muss lachen. Er sieht so blöde aus, der Karl mit seinen kotzenden Fußzehen. Karls Stimme wird plötzlich ganz tief und sein Gesicht tiefernst und das tiefernste Spiegel-Gesicht brummt:
»Schon gut, lieber Karl, nun bleibe du mal schön daheim bei Dodo und kuriere dich. Wir kommen hier in der Oper auch ohne dich zurecht.«
Da hat er wieder sein normales Karl-Gesicht und grinst mich an:
»Da siehst du's mal, junge Frau, man ist entbehrlich!«
Und er wirft mir den Putz-Schwamm zu.
»Hier aber nicht!«, sage ich schnell … und freue mich. Endlich ist mal was aus mir rausgekommen, was richtig ist. Ganz ohne Schreck.
Und den Schwamm schmeiße ich mit Schwung zurück.

Einkaufen ist angesagt. Ich darf mit, nein, ich soll sogar. Das Fieber ist vorbei, die frische Winterluft wird mir guttun. »Und ich sag's dir gleich, junge Frau, getrödelt wird nicht, strammen Schritts geht's vorwärts«, hat Karl gesagt und dabei selber rumgetrödelt. Die Einkaufstasche ist aus Plastik, das passt ihm nicht, die wird beschimpft. Der rote Anorak auch, der hat Flecken, woher denn bloß? Dazwischen wird schnell das geputzte Bad gelobt … und ich stehe schon längst in meinem dicken Wintermantel an der Wohnungstür. So schnell wie heute war ich noch nie in den dicken Mantel geschlüpft. Gut aufpassen, dass Karl nicht herschaut. Ich warte.

Aber diesmal ist das Warten gar nicht langweilig! Karl stakst wie ein Storch mit seinen ellenlangen Beinen durch die Wohnung, manchmal hüpft er wie eine Heuschrecke und sein Redefluss läuft endlos. Ich muss schon wieder lachen. Wie kann man bloß so endlos reden und dabei so wenig sagen? Der Karl, der kann!

Jetzt sucht er den Einkaufszettel für den Bio-Markt, den hat er doch eigenhändig, er weiß es genau, nach dem Frühstück an den Kühlschrank geklebt. Nur steckt er jetzt in meiner Manteltasche, den hab ich doch längst eingesteckt! Das sag ich ihm aber nicht! Ich lausche entzückt Karls Rede an den Kühlschrank! Er, der Kühlschrank, habe ganz gewiss den Einkaufszettel gefressen. Da sei er, der Karl, ganz sicher. Weil er, der Kühlschrank, es nicht gewohnt sei, dass gute, gesunde Biokost in ihm gelagert werde. Die er, der Karl, jetzt zusammen mit ihr, der Dodo, einzukaufen gedenkt. Jetzt wehe aber ein anderer Wind in diesem verlotterten Haushalt, jetzt stopfe man sich nicht voll mit einem Irgendwas und Irgendwie. Er, der Kühlschrank, solle nicht drauf hoffen, dass er je wieder Schokoladentafeln kühlen darf. Ich muss kichern. Aber wenn ich jetzt

hier noch lange warten muss im dicken Wintermantel, werde ich eklig schwitzen.
»Karl!«, rufe ich. »Wir können gehen, ich hab doch schon längst den Einkaufszettel eingesteckt!«
Karl lächelt sein allerschönstes Breitmaulfrosch-Grinsen.
»Ich weiß, kleine Freundin, ich weiß!«

Draußen hat der Winter voll zugeschlagen. Nicht mit Schneeregen, leider auch nicht mit Schnee, sondern mit einem eiskalten Wind. Er weht gleich Karls Kapuze vom Kopf, er rennt los und nichts ist mit Hand-in-Hand so wie im Opernhaus. Ich japse hinterher.
»Schneller, junge Frau, sonst beißt dir der Wind noch die Sommersprossen aus dem Gesicht!«
»Wär doch schön!«, japse ich.
»Wär es nicht!«, ruft Karl an der Straßenecke. Und dann doch: Hand-in-Hand. Das ist eine eklige Straßenkreuzung, Autos schlittern, rutschig ist es, und die junge Frau wird wieder zum Kind, das einen Schutzengel braucht. Mir wird's warm. Nicht schwitzig, sondern warm.
Im Bio-Markt fühle ich mich wie frisch durchgeweht. Ich greife nach dem Einkaufszettel und wandere die Regale entlang. Die Sachen hier sind mir alle unbekannt. Sowas essen Mom und ich doch nie. Karl muss helfen … aber der denkt gar nicht dran. Der hockt doch tatsächlich an der Kuchentheke, schwatzt und lacht mit einem Vater und hat einen Winzling auf dem Schoß. Kein Blick rüber zu mir. Ich schlucke, nehme eine Packung Kekse und marschiere damit zu Karl …
»Sollen wir die kaufen oder nicht?« Meine Stimme hört sich quengelig an. Blöd.
»Nein, Kekse sind gestrichen, fürs Erste. Die machen bloß

dick!«, sagt Karl und zupft dem Winzling am Mützchen. Der Winzling quietscht vergnügt. Das ist zuviel! Dodo ist zu dick und fremde Kinder werden gestreichelt. Der Karl ist ja wie Gloria! Ich glaub, ich hab mich schrecklich geirrt. Bloß weg hier! Ich gehe jetzt heim. Ohne Karl, so viel steht fest. Wegrennen, hab ich mir vorgenommen. Es hat aber nicht geklappt. Plötzlich waren warme Hände auf meiner Schulter und Karl hat sein Trompetenlachen ausgestoßen: »Diese junge Frau lässt mich hier einfach sitzen!«

Meine Beine haben sich angefühlt wie Pudding.

»Du bist mir böse, richtig?«, hat Karl geflüstert. Was sage ich denn jetzt?

»Nein« wäre eine Antwort für Gloria gewesen …

»Ja!«, hab ich gesagt, mitten im Bio-Markt vorm Joghurt-Regal. Und bin so erschrocken vor diesem lauten »Ja!« Es kam so plötzlich aus meinem Mund geschossen, ich hab's gar nicht gewollt. Am liebsten hätte ich dieses trotzige »Ja!« in den Bio-Markt-Fußboden eingestampft.

Aber dann war ja was!

Karl ist gar nicht mehr hinter mir. Vor mir kniet er, er kniet!!! Vor dem Joghurt-Regal, die Arme weit ausgebreitet und, ich sehe es genau, eine Bananenschale klebt an seinem Knie.

Was macht er denn da?

Karl singt ziemlich laut:

»Ist ein Traum, kann nicht wirklich sein,
dass wir zwei beieinander sein …«

Karl singt mir das Duett von den Verliebten im »Rosenkavalier«. Die Oper kenne ich doch gut, Mom hat da mal mitgesungen. Ich könnte heulen, ich könnte aber auch lachen.

Im Bio-Markt sind die Kunden zu Publikum geworden, sie lauschen und sie klatschen. Manche kichern auch.

»Ist ein Traum, kann nicht wirklich sein …«
Die wunderschöne Musik summt in meinem Bauch und die Worte auch.
Ich schlucke und schlucke. Dann war alles weggeschluckt.
»Wir brauchen noch Joghurt!«, habe ich gesagt und schnell jede Menge Joghurt aus dem Regal gegriffen. Auch solches, was wir gar nicht brauchen. Jetzt weiß Karl, dass ich ihm nicht mehr böse bin. Zum Glück hört er auf zu singen … Die Musik hole ich mir vielleicht zurück, wenn ich im Bett bin mit Teddy-Teddy, die Melodie tut gut und ein bisschen weh. Aber so schön weh …
»Ist ein Traum, kann nicht wirklich sein …« Aber Karl ist ja da! Im Bio-Markt. Und ein Traum ist er nicht. Die Bananenschale schlackert immer noch an seinem Knie. An Träumen kleben keine zerquetschten Bananen!
Auf dem Nachhauseweg, Karl hat die Einkaufstasche geschleppt, hat es tatsächlich angefangen zu schneien. Dünne blitzweiße Federflöckchen.
»Warte!«, hat Karl gesagt, die Einkaufstasche abgestellt, mitten auf den Bürgersteig. »Ich fange dir welche, Dodo.«
Er ist herumgesprungen wie eine Heuschrecke, ich hab lachen müssen und diese komische Stimmung im Bio-Markt, wo meine Gefühle Purzelbäume geschlagen haben, war weg.
Karl sieht richtig albern aus. Er hüpft herum und bejubelt den Schneeflockenhimmel.
»Dodo!« Karls Gesicht leuchtet wie frisch geputzt, er hält mir zwei eiskalte, nasse Hände an die Backen. »Wenn du die Augen schließt und fühlst, beste Dodo, dann spürst du die Schneeflocken, die ich für dich gesammelt habe.«
Natürlich habe ich die Augen nicht geschlossen. Natürlich habe ich bloß nasse Backen gekriegt. Schneeflocken fangen geht doch gar nicht. Aber ihm zuliebe habe ich genickt.

»Ich friere ein bisschen«, sage ich.
»Ach!«, sagt Karl und greift nicht nach meiner Hand, sondern nach der Einkaufstasche und marschiert los. Ist er jetzt beleidigt? Ich haste hinter ihm her, ich sehe nur seinen Rücken. Sieht der beleidigt aus? Ich renne schneller, sonst rennt mir der Rücken davon. Ich schwitze in der kalten Winterluft. Ich bin doch wirklich blöd! Warum habe ich mich nicht einfach gefreut über das Schneeflockengeschenk und es auch laut gesagt. Dann müsste ich jetzt nicht so rennen. Da fällt mir was ein.
»Karl!«, keuche ich und wirklich, Karl bleibt stehen, an der Straßenkreuzung. »Karl, ich schenk dir auch was! Eine ... eine Krone!«
Karl dreht sich um und lacht, Schneeflocken glitzern auf seiner Nase. Gottseidank, er lacht sein Trompetenlachen!
»Eine Krone für König Karl! Die steht mir zu, die habe ich verdient, die nehme ich an, herzlichen Dank.«
Karls Trompetenlachen geht über in sein Lächeln und dieses Lächeln gilt mir und das will ich nicht verlieren. Ich wische Schneeflocken aus meinem Gesicht und sage ganz schnell: »Ich schenk dir noch was, eine Kutsche mit zwei Pferden für den König Karl.«
»Abgelehnt!« Karls Lächeln geht über in sein Breitmaulfrosch-Grinsen. »Tut mir leid, vor diesen Riesenviechern fürchte ich mich.«
Ich trampele von einem Fuß auf den anderen, der Wind weht eisig.
Aber wie schön, sein Grinsen zu sehen. Er ist nicht beleidigt, ich weiß es jetzt genau. Schnell ein neues Geschenk, ehe Karl wieder losrennt, die Ampel zeigt längst schon grün.
»Ich schenke dir einen Fernseher, für dein Zimmer!« Meine Stimme bibbert inzwischen vor Kälte.

»Abgelehnt!« Karls Stimme bibbert auch. »Fernseher brauchen wir nicht.«
»Ich eigentlich schon!«, habe ich noch gedacht, aber da hatte mich Karl schon mit seinen großen Händen über die Straßenkreuzung geschoben. Schutzengelhände und kein beleidigter Rücken! Vor dem Zuhause trampeln wir gemeinsam schneebedeckte Schuhe frei und Karl sucht nach dem Schlüssel. Er hat in seine kalten Hände gepustet: »Ich schenke dir auch was.«
»Was denn?« Ich habe auch in meine kalten Hände gepustet.
Und Karl hat sein fröhliches Trompetenlachen gelacht:
»Hauspuschen!«

In der Wohnung, die plötzlich gar nicht mehr so schuhschachtelig langweilig ist, flitze ich sofort in mein Zimmer. Ganz schnell den dicken Wintermantel runter, ganz schnell rein in den übergroßen Bademantel.
Karl in der Küche packt alle gesunden Sachen aus. Die Zeiten von Würstchen, Chips und Schokolade sind vorbei. Die vom Alleine-da-rumhocken-müssen aber auch …
»Dodo!«
Sofort schlappe ich in die Küche, den Bademantel gut zugebunden. Ich sehe sofort, Karls Ohren glühen rot und er wedelt mit seinen langen Armen und an seinen Händen stecken … rosa Plüsch, Knopfaugen, Schnäuzchen, baumelnde Plüschohren … Hauspuschen!
Hasenhauspuschen, und auch noch in rosa!
Mein erster Gedanke: »Mom wird entsetzt sein, so ein Kitsch!«
Der zweite Gedanke: »Die sind aber süß!«
Der zweite Gedanke hat gewonnen. Ich freue mich und steige natürlich sofort in die kitschigen Dinger. Vielleicht kriegt Mom die ja auch gar nicht zu sehen, sie ist ja kaum noch da. Aber die-

sen Gedanken wedele ich weg, mit den rosa Hasenschlabberohren an meinen Füßen. Da unten sehe ich jetzt wirklich niedlich aus. Gibt es so was vielleicht auch für meinen Kopf? Plüschige Hasenschlabberohren, die meine dünnen Stoppelhaare verdecken und um meine Nase baumeln, sodass man die Sommersprossen nicht mehr sieht?

Karl hat gekocht, lauter gesunde Sachen. Reis, Gemüse, Salat. Ich muss den Tisch decken, aber bitteschön, Dodo mit allem drum und dran.
Servietten nicht vergessen, Dodo, und eine Kerze sollte bitteschön auch brennen. Dodo, du weißt ja wie das geht.
Na klar weiß ich das. Karl pfeift und rührt im Gemüse und meint, meine vielen Restaurant-Besuche mit Gloria hätten sich wahrhaftig gelohnt, ich sei die beste Tischdeckerin der Welt. Und nach dem Essen solle ich doch bitte auch die beste Abspülerin und Aufräumerin der Welt werden, dann sei er doch sehr zufrieden.
Uffff … für so ein bisschen Reis und Gemüse ist hier in der Küche aber ein ziemlicher Schweinestall …
»Das nennt man Arbeitsteilung, liebes Kind!«, sagt Karl und schwingt sich auf seinen Stuhl. Dann beginnt er zu essen. Sehr schnell und sehr viel. Und zu reden, auch sehr schnell und sehr viel. Er erzählt mir die unwahrscheinliche Geschichte der hässlichsten Hauspuschen der Welt und stochert dabei mit der Gabel in der Luft herum. Wie die Puschen so abgrundtief hässlich verlassen im Laden gemodert hätten, wie sie so jämmerlich gerufen hätten »Karl, Karl, nimm mich mit!« Wie er sich die Ohren zugehalten habe, weggerannt, zurückgerannt, Entsetzensschreie ausgestoßen habe, vor dieser abgrundtiefen Hauspuschen-Hässlichkeit … und Karl stößt spitze Schreie aus,

spielt wieder jammervolle Hauspuschen, spielt wieder entsetzter Karl, der sich aber erbarmt, weil er so ein weiches Herz habe … und vor lauter Lachen komme ich kaum zum Essen. Was hab ich doch für ein Glück mit Karl! Was für ein lustiges Mittagessen! Da spüle ich doch gerne das Fettige ab und räume auf und putze. Wie das geht, weiß ich doch. Für Gloria spiele ich hier in dem neuen Zuhause doch längst schon das Zimmermädchen, das es hier nicht gibt. Mit Karl kann ich lachen und wie!

In den letzten alleinigen Wochen hier habe ich, glaube ich, gar nicht mehr genau gewusst, wie Lachen geht.

Da fällt mir Bruno ein. Da war's schön, aber hab ich bei ihm gelacht? Aber warm war's bei ihm auch, nicht bloß draußen, sondern auch drinnen. So wie hier mit Karl.

»Danke« sage ich und stolpere beim Abservieren, meine Aufgabe, über den zu langen Bademantelsaum.

»Bitte sehr!«, sagt Karl und verbeugt sich wie ein Diener. Aber ich bin sicher, er weiß gar nicht genau, was ich meine. Das gute Mittagessen oder die hässlichen Hauspuschen oder mein Glück zusammen mit ihm.

Macht nichts. Ich hab's nämlich auch nicht genau gewusst. Aber Gemüse mit Reis ist wirklich lecker, wenn Karl es serviert.

Kapitel 10

Mom hat die kitschigen Hasenpuschen nicht gesehen.
Sie ist nämlich gar nicht nach Hause gekommen. Sie hat angerufen. Erst ein langes Gezwitscher mit Karl, dann ein kurzes Gezwitscher mit mir.
»Schätzchen, es geht dir doch gut? Kein Fieber mehr? Fein, fein. Karlchen sorgt gut für dich? Fein, fein. Stell dir vor, ich habe hier ganz in der Nähe der Oper ein entzückendes kleines Hotel gefunden, du verstehst, Schätzchen, es ist so wichtig, dass ich gerade jetzt in der Nähe der Oper bin, ich weiß, dass du es verstehst, ich weiß, dass ich mich auf mein Schätzchen verlassen kann, es geht dir doch gut? Kein Fieber mehr? Und Karlchen sorgt doch … ja, das ist fein. Küsschen, Dora, sei ein braves Kind.«
Und Knack, Hörer aufgelegt. Ich hab nichts dazwischensetzen können. Soll ich jetzt enttäuscht sein, weil Mom nicht heimkommt? Heute bestimmt nicht und morgen wahrscheinlich

wohl auch nicht. Vielleicht erst übermorgen. So lange war ich noch nie von Mom getrennt. Aber ehe ich mich da im Flur, Telefonhörer noch immer in der Hand, entscheiden konnte zur Trauer, hat Karl mir den Hörer einfach weggenommen und ein »Oh Gloria, Victoria« hineingeflötet. Da musste ich lachen und nichts war mit der Trauer.

Karl hat beschlossen, jetzt wird gestrickt!

Was? Karl streckt mir seine Dicke-Socken-Füße entgegen.

»Ja, glaubst du denn, die wachsen auf der Wiese?«

»Nee, aber im Kaufhaus!« Ich muss schon wieder lachen. Ich sehe plötzlich gekringelte Socken auf der Wiese sprießen zwischen Gänseblümchen … wann habe ich eigentlich zum letzten Mal eine Wiese gesehen? Im Schulbuch?

»Dummes Kind!«, sagt Karl und steigt schon in seine Winterstiefel.

»Hier wird nicht rumgekichert und rumgetrödelt. Hier wird jetzt Strickwolle gekauft. Los, junge Frau, zieh dich an, im Bademantel nehme ich dich nämlich nicht mit.«

Der Bademantel! Ich zucke zusammen. Jetzt hat er's doch gemerkt. Gleich sagt er noch was, was Spöttisches? Oder er fragt? Nein, tut er nicht. Er kramt nach seiner Tasche und sucht nach einem Schal und nach seiner Mütze und ich merke ganz genau, er sucht zu ausführlich. Weil, Mütze, Schal und Tasche liegen säuberlich auf dem Tisch im Flur. Ich schnappe rasch den dicken Mantel vom Haken, renne in mein Zimmer. Bademantel runter, rein in den Mantel. Karl ist schon fertig und klimpert mit den Schlüsseln. Geschützt im Wintermantel versuche ich, meine Stiefel zuzuschnüren. Warum zittern meine Hände aber heute dabei, dass die Schnürsenkel nicht so wollen, wie sie sollen?

»Dummes Kind!«, sagt Karl, bückt sich und bindet mir an meinen Stiefeln zwei wunderbare Schleifen.

Kein Wort zu viel, kein Wort zu wenig. Guter Karl!

Im Kaufhaus ist es gleich vertraut für mich. Ich halte mich fest an Karls Jackenzipfel, damit er mir nicht verloren geht in der wuseligen Menschenmenge. Karl wühlt mit gerunzelter Stirn in Wolle-Sonderangeboten herum, hält sie prüfend hoch, wirft sie zurück, wühlt weiter. Seine Haare stehen ab und seine Segelohren leuchten. Er sieht aus, als gäbe es nichts Wichtigeres auf der Welt als jetzt hier die Wolle seines Lebens zu finden. Und schon wieder, zum wievielten Mal denn heute, schon wieder muss ich lächeln. Wie kann denn bloß einer so selbstversunken sein in Strickwolle!

»So, Mädel, jetzt bist du dran!« Karl hat die Arme vollgepackt mit weißer, hellgrauer, dunkelgrauer Wolle. »Such dir was aus.«

»Du strickst was für mich?« Ich muss beinahe schreien so laut ist es hier. Und immer wieder wird geschubst, von rechts und links.

»Aber nein, meine Liebe.« Karl grinst sein Breitmaulfroschgrinsen.

»Die Prinzessin strickt selber.«

Was? Ich kann doch gar nicht stricken, Mom auch nicht.

»Onkel Karl bringt es dir bei«, grinst Karl und reckt den Kopf über den Wollberg in seinen Armen hin zur Kasse.

Ich kichere und schnappe rasch rosa Wolle. Prinzessin Rosa mit den rosa Hauspuschen strickt natürlich rosa, wenn sie denn je kapiert, wie Stricken geht. Warum kann Onkel Karl denn eigentlich stricken? Das können doch Männer nie. Eine Hand fest an Karls Jackenzipfel, im anderen Arm rosa Wolle, kämpfe ich mich durch die wuselige Menschenmenge hin zur Kasse.

Ich lächele und muss plötzlich lachen. Wenn das so weitergeht,

dann klebt mir bald ein Dauerlächeln im Gesicht. Macht Lächeln hübscher?
An der Kasse ist große Diskussion. Über Stricknadel-Länge, Stricknadel-Stärke, Gerede, endlos.
Karls Ohren strahlen und mit ihm und der Kassenfrau diskutieren eifrig Kundinnen mit. Ich sehe genau: Alle lieben Karl! Aber keine von denen wird heute zusammen mit ihm stricken, bloß ich! Das Dauerlächeln klebt noch immer in meinem Gesicht. Es fühlt sich gut an.

Es wäre ganz bestimmt auch weiter kleben geblieben, wäre Karl nicht stracks zu den Unterhosen geeilt. Auch hier ist Betrieb. Da habe ich Karls Jackenzipfel losgelassen und die Plastiktüte mit der Wolle fest an mich gedrückt. Hoch bis zur Nase. Ich hab nichts gegen Unterhosen. Aber hier, hier sind so viele Spiegel, überall Spiegel!!! Und alle spiegeln die dicke Dodo.
»Ich brauche dringend Neue.« Karl wühlt bereits in Hosen herum. »Hilfst du mir aussuchen, Mädel?«
Nein, das Mädel hilft nicht, das Mädel will weg, ganz schnell. Karl stutzt.
»Es ist dir peinlich, stimmt's, Prinzessin?«
Stimmt überhaupt nicht, aber die Prinzessin hinter der Plastiktüte nickt und Karl grinst:
»Ehrlich gesagt, ich brauche gar keine, nur, die hier, die sind so hübsch. Wollen wir gehen?«
Und wäre Karl nicht sowieso mein Schutzengel, dann wäre er es jetzt ganz bestimmt geworden! Weil er genau begriffen hat, ich will hier jetzt nicht sein. Aber warum nicht, das hat er nicht gefragt. Besser so!

Im Bus zappelt Karl auf dem Sitz neben mir und wühlt in seiner Wolle.
Er sieht nicht, dass ich mir die Nase an dem Busfenster platt drücke, um so lange wie möglich das Opernhaus zu sehen. Da ist jetzt meine Mom und die weiß, dass ich mich vor Spiegeln schäme. Ach, Mom … Der Bus fährt weiter, das Opernhaus verschwindet und mit ihm Mom.
Aber plötzlich zerrt mich Karl hoch vom Sitz. Warum denn das? Wir sind doch lange noch nicht daheim? Der Bus hält und schon sind wir draußen, der eisige Winterwind fährt um unsere Nasen.
»Mädel, jetzt wird gerannt!«, ruft Karl und mit schlenkerndem Wollpaket rennt er los in Richtung Opernhaus. Ist ihm plötzlich eingefallen, dass er doch heute dort arbeiten muss? Ich renne hinter ihm her und habe alle Mühe, ihn im Straßengewimmel nicht zu verlieren. Am Bühneneingang an der Seitenstraße, dort, wo nur die reingehen, die in der Oper beschäftigt sind und der Pförtner sitzt, ist Karl sofort hineingeschossen. Ich hinter ihm her. Karl hat mir nichts erklärt, er hat sich noch nicht mal nach mir umgeschaut. Seine Ohren haben unter der Mütze geglüht und er hat beim Pförtner sofort nach dem Telefon verlangt. Der hat gegrinst und an seine Pförtner-Mütze getippt und mir immerhin mit zwei Fingern zugewinkt.
Karl, den Kopf in das Pförtner-Kämmerchen gesteckt, telefoniert. Legt auf, wählt neu, telefoniert. Sänger kommen rein, Ballett-Tänzer, klagen über die Kälte, wickeln sich in Schals, klapsen Karl auf den Rücken, einer sogar auf seinen Anorak-Po, Karl winkt grinsend zurück, lässt sich aber nicht stören. Karl telefoniert. Ich verstehe nichts. Ich stehe da wie überflüssig, die dumme rosa Wolle an mich gedrückt, und keiner sagt mir was. Aber da kommt plötzlich jemand die Treppe runtergestöckelt,

ins Pförtner-Kämmerchen. Auf Stöckelschuhen, mitten im Winter, schüttelt die Locken, breitet die Arme aus, lächelt strahlend, Lippenstift leicht verschmiert. Da ist mein verloren gegangenes Lächeln wieder zurückgekommen.
Mom!
»Gloria!«, hab ich gerufen und mich mit meinem Wollpaket in ihre Arme geschmissen. Sie hat es zugelassen und mir einen Kuss auf die Kapuze gegeben. Sie hat so gut gerochen. Ich hab gewusst, dass ich sie umarmen darf. Hier ist ja Publikum. Karl, der Pförtner und die Kollegen.
Mom hat es natürlich eilig gehabt. Gleich wieder Probe, es warten die Kollegen. Schätzchen weiß das und Schätzchen versteht das. Karl kriegt Küsschen, rechts und links auf die Wangen gehaucht, seine Ohren glühen.
Mom ist wieder mit Winke-Winke die Treppe raufgestöckelt, als Gloria.
Aber zumindest habe ich sie gesehen und auch dass es ihr gut geht.
»Uns geht es auch gut«, hat Karl mir zugeflüstert und mit dem nächsten Bus sind wir nach Hause gefahren. Erst da ist mir eingefallen, dass ich ganz vergessen habe, Mom zu fragen, ob sie heute Abend nach Hause kommt. Ich rutsche näher mit meinem Wollpaket an Karl. Der wühlt schon wieder in seiner Wolle.
»Glaubst du, wir kochen heute Abend auch für Mom?«
Karl zuckt mit den Schultern und schreibt mit dem Zeigefinger auf die beschlagene Busfensterscheibe: Gloria!!! Mit drei Ausrufezeichen. Ich seufze und krieche tiefer in meinen Mantel. Na ja, ich hab's ja schon gewusst.

Zu Hause in der Schuhschachtelwohnung tigert Karl plötzlich herum wie einer, der was sucht und nicht finden kann. Er schaut in alle Zimmer, schüttelt den Kopf, brummt was, dann summt er sich was … was brummt und summt und sucht er denn? Keine Ahnung. Aber immerhin, so habe ich genug Zeit, um mich schnell, schnell in den großen Bademantel zu wickeln. Karl brummt und summt inzwischen in der Küche.

»Fehlt dir was?«, frage ich und trete mit einem Hasenpuschen auf den anderen Hasenpuschen.

»Möbel!«, brummelt Karl und schüttelt den Reis ins Sieb.

Aber Bett und Tisch und Stuhl und Schrank, das ist doch alles da!

»Zu hässlich!«, sagt Karl und trägt das Essen auf. »Mädel, greif zu!«

Er häuft sich den Teller voll mit Reis und Gemüse und mampft. Ich auch, das Gemüse ist lecker, der Reis klebt und den Salat hebe ich mir als Nachspeise auf. Gibt es für mich jetzt überhaupt noch so was wie Pudding auf der Welt? Es sieht ja jetzt wohl so aus, als hätte ich die Wahl:

Pudding alleine oder Karl mit Reis!

»Karl mit Reis!«, sage ich mit vollem Mund. »Pudding alleine macht traurig.«

»Ach!«, sagt Karl, von seiner Gabel kullern Erbsen. Und er lächelt sein allerschönstes Breitmaulfroschgrinsen.

Wenn ich das sehe, dann ist es, als würde ich vielleicht überhaupt nie mehr Pudding oder Schokolade brauchen im Leben. Karl mampft weiter. Und endlich erklärt er sein Gebrumme und Gesumme und sein Rumgerenne in der Schuhschachtelwohnung. Morgen, liebes Kind, wirst du den Tag alleine verbringen müssen, denn morgen, liebes Mädel, wird der liebe Karl ins Opernhaus fahren und dort im Fundus wühlen. Da sind

Möbel vollgestopft in weiten Räumen, die wurden mal gebraucht auf der Opernbühne, werden vielleicht mal wieder gebraucht, aber jetzt stauben sie vor sich hin. Karl, das Mädchen-für-alles, wird sich erlauben, dort rumzukramen und Schönes mitzubringen für Dodo und für Karl. Für Gloria nicht, deren Zimmer ist heilig.

»Kann ich mitkommen?«

»Nein!«

Was ist denn das? Ein »Nein« einfach so hingeschmissen? Ohne Erklärungen? Die kommen doch sonst immer wie ein Sturzbach runtergeprasselt bei ihm. Hab ich was falsch gemacht?

Ich schleiche zum Abwaschbecken und wasche ab. Da legt Karl los und so laut kann kein Wasserhahn ins Spülbecken rauschen wie Karls Wasserfall-Rede. Die beginnt mit »Dummes Kind« und endet mit »Ich kann deine traurigen Augen nicht ertragen, wenn du diese Diva siehst, die sich lieber Gloria nennt als Mom!«

Alles, was er dazwischen erzählt hat, hab ich vergessen. Oder nicht gehört, oder nicht hab hören wollen. Aber dieser letzte Satz, der klebt in meinen Ohren.

Ich hab traurige Augen? Ich nage am Daumennagel. Karl sieht es ja nicht, der fährt wie wild geworden durch die Küche, räumt und wischt, kratzt Essensreste hektisch in den Bio-Müll und überall schaut er hin, nur nicht zu mir. Ich stehe blöd in der Küche herum. Das mit den traurigen Augen, das würde ich schon gerne genauer wissen.

»Mädel, du stehst im Weg!«, knurrt Karl, putzt hektisch den Boden, seine Ohren glühen knallrot.

»Morgen esse ich keine Würstchen, wenn ich alleine bin, ich versprech's dir«, sage ich und weiche dem Putzlappen aus. Der

landet mit Schwung im Putzeimer und beinahe auf meinen Hasenohrenpuschen.
»Um die Würstchen-Frage kümmern wir uns später. Jetzt wird gestrickt, junge Frau!«
Und damit ist Karl samt Woll-Tüte verschwunden. Blitzschnell. Mit rot glühenden Ohren. Ich lächele und schlurfe hinterher.

Im kahlen Wohnzimmer auf dem Boden, im Schneidersitz, sitzen wir und stricken. Karl hat's mir gezeigt, wie es geht, geduldig und immer wieder von vorne. Ich hab es ziemlich schnell begriffen. Wollfaden um die Nadel, Schlinge, ziehen, andere Nadel und es entsteht Masche für Masche. Und wenn eine misslingt, Karl hilft. Seine Nadeln klappern schneller, in Nullkommanichts hat er Weißgraues zu etwas gestrickt, was schon aussieht wie der Anfang zu einem Pullover.
Es wird geschwiegen. Karl möchte nicht reden.
Musik hat er aufgelegt.
»Hänsel und Gretel«, brummt Karl. »Sandmännchen und Taumännchen. Das sind die Arien, die deine Mom singen wird.«
Weiß ich doch längst! Karl schaut nicht auf, er strickt verbissen. Und plötzlich murmelt er in das Gestricke hinein: »Verzeih mein Geschwätz von vorhin.«
Ach! Schade ... das war doch schön ... besonders das mit den traurigen Augen. Ich seufze und prompt rutschen Maschen von meiner Nadel.
Karl hilft sofort und mein Gestricke sieht wieder ordentlich aus.
»Karl, was stricke ich eigentlich?«
»Was möchtest du denn stricken?«
»Socken, solche wie du hast.«
Karl lacht und streckt seine Sockenfüße aus. Na endlich, er lacht ja wieder.

»Wie wäre es erst mal mit einem Topflappen? Die können wir nämlich gut brauchen, liebes Kind.«
»Meinst du?«
Topflappen ist langweilig, aber wenn Karl es will.
»Topflappen sind Petitessen!«, sage ich. Weil ich genau weiß, wenn ich das sage, dann hört sein Lachen nicht auf. Das Trompetenlachen.
Draußen ist der Tag längst schlafen gegangen.
Drinnen auf dem Fußboden sitzen wir immer noch und stricken.
Karls Gestricke wächst und wächst, meines weniger. Karl muss oft helfen. Ich hätte nie gedacht, dass Stricken so was Schönes sein kann. Oder ist es mehr das Zusammenhocken? Wir schweigen, denn zur Musik wird nicht geplappert, hat Karl gesagt. Ich hab lachen müssen, weil, das weiß ich doch längst. Von Mom. Der Musik wird zugehört.
Inzwischen sind Hänsel und Gretel bei ihrem Nachtgebet im Wald angekommen. Da hat man sie alleine gelassen, sie fürchten sich und singen sich das Nachtgebet zum Trost.
»Abends will ich schlafen gehen, vierzehn Englein um mich stehen …« Karl summt mit, mit geschlossenen Augen, seine Stricknadeln klappern trotzdem.
»Los, Dodo, mitsingen!«
Was? Auf keinen Fall! Mom hat das noch nie gemocht, sie ist so empfindlich, wenn Töne nicht so klingen, wie sie klingen sollen.
»Kannst du nicht oder willst du nicht oder darfst du nicht?«
»Alles zusammen«, sage ich und konzentriere mich fest auf meinen leicht verschwitzten, ziemlich löchrigen Topflappen. Den nimmt mir Karl aus der Hand.
»Möchtest du denn singen?«

Ich zucke mit den Schultern. Im dicken Bademantel wird mir plötzlich so heiß. Karl fährt die Musik zurück zum Nachtgebet. »Hier hört uns keiner, bloß die Nacht!«, sagt er und greift wieder nach seinem Strickzeug. »Also los, du bist Gretel, ich bin Hänsel, wir sind gottverlassen und nur die Engel können uns schützen. Erinnert dich das an was?«

Meine Backen glühen, ich verstecke meinen Kopf im Bademantel, groß genug ist der ja.

Karl merkt nichts, Karl singt sehr laut und ein bisschen falsch. Ein bisschen muss ich kichern, in den Bademantel-Ärmel hinein. Wie hätte Mom jetzt aufgestöhnt. Ich singe mit, ich singe richtig, das höre ich, bloß klingt es ein bisschen Bademantel-dumpf …

Wir haben das Nachtgebet von den vierzehn Englein, die die Kinder beschützen sollen, nicht zusammen zustande gekriegt. Ich gackere in den Bademantel, Karl gackert auch und unser Gestricke liegt auf dem Boden und wartet auf bessere Zeiten. Längst hat schon in der Oper das Taumännchen Hänsel und Gretel liebevoll aufgeweckt, längst haben sie das Lebkuchenhaus entdeckt und da naht schon singend die Hexe … wir gackern immer noch.

»Kind, bist du schon erstickt? Mach mir keinen Ärger!«

Karls Hände wühlen im Bademantel nach meinem Kopf. Das kitzelt. Der Bademantel rutscht von meinen Schultern. Ehe ich protestieren kann, zieht Karl mich einfach hoch und tanzt mit mir durchs Zimmer. Nein, er hüpft mit seinen ellenlangen Heuschreckenbeinen und singt dazu lauthals mit der Hexe mit. »Lalalalilala«, den Text hat er vergessen. Ob ich will oder nicht, ich muss mithüpfen. Der Bademantel liegt am Boden.

»Wir tanzen jetzt die Hexe weg!«, kräht Karl und schwingt die Beine, mit einem Fußtritt landet der Bademantel auf dem Tisch

und Karl dreht sich mit mir im Kreis, schnell und immer schneller. Erst war ich ein dumpfer Sack, jetzt bin ich ein runder Luftballon geworden. Wenn Karl den nicht festhält, dann fliegt er hoch! Ich lache! Karl hält mich fest, ich fliege trotzdem.
Und da klingelt das Telefon. Karl hat mich sofort losgelassen.
Dicker Luftballon wurde sofort wieder zum dumpfen Sack.
Ist es Gloria? Ich habe sofort den Bademantel um mich gerafft.
Karl stand da, mitten im Zimmer, mit hängenden Armen. Wie ein längelanger Hampelmann, dem man die Fäden abgeschnitten hat. Der Hexentanz jedenfalls ist vorbei. Am Telefon ist nicht Gloria, sondern Mom. Eine sehr liebe Mom.
Nein, heute kommt sie leider, leider nicht nach Hause. Ja, es ist wundervoll, im Opernhaus zu sein. Ja, das kleine Hotel ist ganz entzückend. Ja, es geht ihr prächtig. Ja, wie fein, dem Schätzchen auch? Ach, »Hänsel und Gretel« habt ihr gehört? Fein, fein! Ach, du lernst Stricken, mein Schätzchen? Fein, fein. Ist unser Karlchen lieb zu dir, mein Schätzchen? Fein, fein.
Ach, Mom …
Aber dann, zärtlich geflüstert ins Telefon:
»Schätzchen, ich vermisse dich. Kuss, Kuss.«
Es gibt so Sätze, die muss man sich aufheben. Die nimmt man mit ins Bett zu Teddy-Teddy. Mein Sonne-Mond-und-Sterne-Bett wird immer voller.

Kapitel 11

Heute darf ich den Tag alleine gestalten, hat Karl gesagt. Früher hat das geheißen: Langeweile, Fernsehen, Würstchen, Chips und Schokolade mampfen, Rolltreppe fahren und warten auf Gloria. Karl hat den Kühlschrank, den Tisch, die Badezimmer-Kacheln, sogar den Boden gepflastert mit gelben Klebezetteln. Aufträge für Dodo stehen da drauf. »Im Bio-Markt einkaufen gehen. Klo putzen, pfui, aber nötig. Spazieren gehen, bitte dabei rennen!«

Hinter jedem Auftrag war ein Herzchen gemalt.

Und dann gibt es noch einen Haufen von Zetteln, bei denen ich hab lächeln müssen. Denn da habe ich die Wahl. Diese Zettel haben alle ein Blümchen gehabt als Verzierung.

»Musik hören, am besten »Hänsel und Gretel«!

Versuchen, ein paar Reihen am Topflappen zu stricken!

Am Fenster stehen und Schneeflocken zählen!

Träumen!

Sich Wünsche ausdenken!
Wünsche malen? Wünsche aufschreiben?
Lachen!
An Karl denken!«
Da hat Karl gleich drei Blümchen gekritzelt.
Ich wollte schon alle Zettel aufmerksam lesen, und wollte schon überlegen, was jetzt in meinen alleinigen Tag reinpasst oder nicht, aber Karl hat nach dem Frühstück streng gesagt: »Mädel, zieh dich warm an, wir haben noch was zu tun.«
Ich hab mich gefreut, denn wenn er noch was mit mir zu tun hat, dann wird der alleinige Tag doch kürzer.
Dass er dann aber auf jeden Fall abflitzen wird ins Opernhaus, für die Möbel-Suche, das hab ich ja gewusst.

Karl ist mit mir geradewegs die Straße runter und um die Ecke gerannt. Hin zur Würstchenbude. Was will er denn da? Würstchen sind doch verboten. Die Würstchen haben köstlich gerochen und Josef mit seiner rot gefrorenen Nase hat mir gleich entgegen gewunken. Da kommt ja seine gute Kundin. Ja, von wegen. Ich hab gestaunt und Josef erst recht.
Da rennt doch Karl im weiten Kreis rund um die Würstchenbude herum, immer rundherum, drei Mal.
Josef hat sich ratlos die rote Nase gekratzt und ich bin stocksteif stehen geblieben. Was macht der Karl denn da?
»Das müsste reichen«, hat Karl gekeucht. »Der magische Kreis ist gezogen. Der wird dir jetzt helfen, nicht in Versuchung zu geraten, beste Dodo.« Karl zieht sich die Mütze tief in die Stirn. »Dein Schutzengel, liebes Kind, hat heute nämlich Urlaub! Und jetzt ab nach Hause. Mich ruft die Oper!!!«
Und damit ist er losgesaust, sein Bus biegt um die Ecke.
Der Mund von Josef steht weit offen. Ich glaube, meiner

auch … Der arme Josef hat eine Kundin verloren, das hat er begriffen und weiß doch nicht, warum. Seine Würstchen sind doch gut!
Ich hab's schon kapiert, ich kenne doch Karl.
»Ich komme wieder, und dann erzählen Sie mir was, ja?«, habe ich schnell zu ihm gesagt und mir dabei die Nase zugehalten, damit ich den köstlichen Würstchen-Duft nicht riechen muss. Und ich bin schnellstens nach Hause gerannt! Weil ich ganz sicher weiß, Karl möchte, dass ich renne. Also renne ich!

Den alleinigen Tag habe ich wirklich mutig angefangen. Die Wohnung aufgeräumt, die Betten aufgeschüttelt. Sogar die von Mom, obwohl das gar nicht nötig war. Sie hat ja gar nicht drin geschlafen. Ich hab sogar das Klo geputzt. Aber trotzdem ging alles viel schneller, als ich gehofft habe. Vom alleinigen Tag ist immer noch viel zu viel übrig. Ich hab mir wieder die Zettel von Karl durchgelesen, ich kann sie schon auswendig.
Nichts steht da drauf, was mir Spaß macht ohne Karl.
Ich stehe am Fenster, dicke graue Regenwolken hängen auf den Hochhausdächern. Aus dem Schneeflocken-Zählen wird sowieso nichts, und wozu soll es auch gut sein? Ich langweile mich grässlich mit mir selber. Weil ich immer dieselbe bin, immer die dicke Dodo. Mit Karl zusammen bin ich nicht mehr dieselbe. Dick aber trotzdem.
Ich sitze am blank geputzten Küchentisch und starre auf die Uhr. Die ist keine Hilfe, die will und will nicht vorwärts rücken. Und mir endlich zeigen, wann Karl zurückkommt.
Wann kommt er denn wieder heim? Ich kaue am Daumennagel.
Er hat es nicht gesagt. Natürlich nicht. Kann er ja auch nicht.
Jetzt nage ich an beiden Daumennägeln.

Die Oper, die Oper, und immerzu die Oper! Die Oper hat ein Riesenmaul und schlingt alle rein, die nichts lieber haben, als sich reinschlingen zu lassen. Und die stehen immer mit allen Füßen drin und ich stehe immer mit einem Fuß halb drin und mit dem anderen draußen …

Ich beiße am blöden Küchentisch auf meine Daumennägel, dass es weh tut. Und plötzlich hab ich eine Idee. Ich schreibe auf einen großen gelben Klebezettel und so kräftig, dass es Löcher gibt auf dem Papier:

»ARME DODO! DU TUST MIR LEID!«

Den Zettel habe ich an meine Zimmertür geklebt und ihn mir lange angeschaut. Die Worte sind wirklich gut. Die Bleistiftlöcher hässlich.

Da hab ich den Zettel wieder abgerissen.

Der Tag alleine ist noch immer endlos lang.

Zum wievielten Male lese ich jetzt schon Karls Klebezettel:

»In den Bio-Markt gehen.«

Na gut. Geh ich eben hin. Da ist es zumindest lebendig und warm. Den Weg dahin kenne ich ja.

Es nieselregnet, alles grau in grau. Wenn Karl da ist, ist selbst ein grauer Nieselregen irgendwie bunter. Wann kommt er denn wieder? Er hat nichts gesagt. Und wenn das so weitergeht mit Mom, dann ist sie bald bloß noch eine Telefonstimme in meinem Ohr. Was für blöde Gedanken, Dodo! Vor solchen Gedanken muss man flüchten! Schnell rennen hab ich jetzt gelernt. Es gefällt Karl, und außerdem pustet einem der Winterwind solche blöden Gedanken aus dem Kopf, die machen, dass man schwer wird wie ein Sack.

Im Bio-Markt drücke ich mich lange an den Regalen herum. Aber wenn jemand freundlich zu mir herschaut, nehme ich schnell ein biologisches Waschpulver in die Hand. Oder eine runzlige Karotte. Lege dann alles wieder zurück. Karl hat so viele Karotten eingekauft, als wären uns Hasenzähne gewachsen.
Hier sind so viele freundliche Menschen, besonders Mütter mit kleinen Kindern, und alle lächeln mich an. Na ja, die Winzzwerge weniger, die quengeln herum. Und wenn sie quengeln, dürfen sie auf den Arm und werden getröstet.
Die Mütter sehen alle so aus, wie Gloria nie aussehen möchte. Bunt gestrickte Wollmützen, bequeme dicke Schuhe. Die Zwerge sehen genauso aus. Alle fröhlich bunt gestrickt. Stöckelschuhe trägt hier keiner.
Da hab ich plötzlich so einen komischen Anfall von Fremdheit gehabt, vor dem Regal mit der gesunden Seife.
Und plötzlich so eine Sehnsucht nach Stöckelschuhen … Da bin ich einfach wieder nach Hause gerannt. Durch den eisigen Wind. Der hat in meine Nase gebissen und mir war kalt von oben bis unten. Wär vielleicht gar nicht schlecht, ich würde wieder krank?
»Dummes Kind!« Ich höre Karl. Das Krank-werden-wollen lasse ich lieber.
Aber einen gelben Klebezettel habe ich daheim dann trotzdem geschrieben. »Dicke Dodo, gutes Kind!« Den habe ich Teddy-Teddy auf den Bauch geklebt. Da sieht ihn ja keiner. Leider hat der Zettel an seinem abgelutschten Zottel-Fell nicht gut gepappt. Macht auch nichts.

Im Wohnzimmer hab ich im Strickkorb gewühlt. Keine Lust. Ohne Karl. Ich hab meinen dummen kleinen löchrigen Topf-

lappen wieder zurückgepackt neben die große grauweiße löcherlose Strickerei von Karl. Was soll das eigentlich werden? Er hat es mir nicht gesagt.
Na ja, ich habe auch nicht gefragt, oder?
Aber vielleicht, könnte doch sein, dann strickt er ja was für mich? Ich hab den langen Woll-Lappen samt Stricknadeln probehalber an meinen Bauch gehalten. Ein Pullover könnte das werden. Aber dann einer, der wirklich riesengroß ist und ich kann mich drin verstecken. Schwabbelbauch und dicker Hintern und Schwabbel-Oberarme wären gnädig zugestrickt ...
Ich hab die schöne Strickerei schnell wieder weggepackt.
Nein, so was wird Karl nicht stricken wollen, er will mich ganz bestimmt nicht zustricken. Er will doch, dass ich dünner werden kann, das habe ich doch schon längst kapiert.
Ich bin zum vierten Mal in die Küche gegangen, um auf die Uhr zu schauen. Die geht einfach nicht vorwärts. Hält die jetzt Winterschlaf?
Das Telefon klingelt. Ich zucke zusammen. Und überlege blitzschnell. Ist es Karl, der mir sagen will, dass er leider heute nicht mehr kommen kann? Wenn ich nicht rangehe, kann Karl es mir auch nicht sagen. Dann muss er kommen, weil er doch auf mich aufpassen muss. Gloria will das so und Geld kriegt er auch dafür, das weiß ich, das habe ich gesehen. Mom hat so ganz nebenbei Geld unter sein Täschchen auf dem Tischchen im Flur geschoben ... Das Telefon klingelt und klingelt. Es klingelt richtig verzweifelt. Was soll ich machen, ich hebe ab.
Es ist Mom! Nicht Gloria, es ist wirklich Mom! Ich höre es gleich und lächele den Hörer an.
»Schätzchen, hörst du mich gut?«
Ich atme auf und nicke. Mom kann das nicht hören und nicht sehen. Macht ihr nichts aus, sie sprudelt gleich weiter.

»Ich bin hier auf der Probebühne, weißt du, wir sind im ersten Akt und meine Kollegen Hänsel und Gretel haben gerade die Sahneschüssel zerdeppert.« Mom kichert.
»Nur leider ist die Probesahneschüssel jetzt aus Blech und die zerdeppert einfach nicht, wir haben uns halb totgelacht … Schätzchen, Liebes, kannst du mich gut hören?«
Na klar kann ich sie gut hören, auch wenn im Hintergrund Stimmen und Lachen und auch Gesang ist.
»Liebes!« Mom kreischt jetzt in den Hörer. »Stell dir vor, ich habe unser Karlchen getroffen. Er sieht aus wie ein türkischer Teppichhändler, beladen mit buntem Krimskrams und er hat mir versichert, noch mehr davon hätte er bereits ins Taxi gepackt und er wäre auf dem Weg und bald käme er zu dir. Freust du dich?«
Im Hintergrund rufen Stimmen nach Gloria und es wird gelacht.
»Und wann kommst du, Mom?«, frage ich. Da hat Mom schon aufgelegt.

Ich stehe am Fenster, den Bademantel hab ich schnell angezogen, Karl kommt ja gleich. Mom hat's gesagt. Ich halte Ausschau nach einem Taxi, da kommt aber keines. Hier in diesem ärmlichen Viertel fährt man nicht Taxi, man nimmt den Bus. Die Fensterscheibe ist beschlagen. Ich male ein Guckloch, es hat die Form von einem Herzen. Und weil Karl immer noch nicht zu sehen ist, male ich dem Herzen noch zwei Flügel. Und wische ganz rasch alles mit dem Bademantelärmel wieder weg. Denn unten hält, genau vor der Haustür, ein Kleinbus, auf dem »Staatsoper« steht. Karl zwängt sich raus, man sieht nur seine langen Beine und er schleppt einen großen Sessel Huckepack. Da ist er ja endlich und genau so, wie Mom es versprochen hat!

Karl hat geschleppt und getragen, Tüten voller Seidentücher, dicke Kissen, Sessel, staubige Tischchen. Rauf und runter ist er gerannt, seine Ohren haben geglüht und er hat mir nur kurz zugekeucht: »Aus dem Weg, junge Frau, küssen werde ich dich später.«
Ich bin ins Badezimmer geflüchtet und musste grinsen. Dieser Karl! Immer, wenn er aus der Oper kommt, bringt er immer noch ein bisschen Oper mit.
Aber dann bin ich doch erschrocken. Was schleppt Karl denn da in sein Zimmer? Einen Spiegel, riesengroß, ein dicker goldener Rahmen drum herum. Aber, zum Glück, verschwindet der im Zimmer von Karl. Hoffentlich bleibt er auch da …
Dann hat Karl ein Monstrum in mein Zimmer geschleppt. Einen Schwan, groß wie ein Sessel, mit echten Federn und stinkt nach Mottenpulver. Das ist doch der Schwan aus »Lohengrin«. Die Oper kenne ich, da hat Gloria auch was gesungen. Der Schwan hat mir in der Oper am besten gefallen, das weiß ich noch. Was macht der denn jetzt in meinem Zimmer?
»Der ist ein Rentner«, grinst Karl und streichelt den stolz gebogenen Schwanenhals. Und singt lauthals los:
»Nie sollst du mich befraaaagen, noch Wissen Sorge traaaagen.«
Er singt sogar richtig, ich erkenne genau die Melodie, ich könnte sogar mitsingen. Aber trotzdem weiß ich immer noch nicht, warum der Schwan jetzt in meinem Zimmer wohnen soll.
Karl strubbelt über mein Stoppelhaar. »Jetzt gönne doch dem armen Rentner mal ein warmes Plätzchen.« Er grinst. Aber dann ist er ernst geworden. Er hat sich gedacht, wann immer die Dodo traurig wird, dann hockt sie sich in den Schwan. Der bewahrt dann alle ihre Geheimnisse.
»Nie sollst du mich befragen …«

Hab ich denn Geheimnisse? Ich hab mir den Opern-Schwan betrachtet, zerzaust wie der ist, sieht man deutlich: Der hat viel hinter sich. Wie viele Lohengrine sind schon, laut ihre Arie singend, im geduldigen Schwan über die Bühne gezogen worden? Und wer weiß, wie lange der Rentner-Schwan im Fundus unter anderem Gerümpel eingestaubt ist. Modernere Schwäne ziehen jetzt modernere Lohengrine. Was für ein trauriger Motten-Schwan! Wahrscheinlich braucht der mich mehr als ich ihn!
»Mädel, nun hilf doch mal!« Karl, die Arme voller Seidentücher, ruft ungeduldig. Na klar helfe ich. Dem Schwan habe ich noch schnell ein »Ich komme ja wieder« zugeflüstert und bin schon wieder über den verflixt zu langen Bademantelsaum gestolpert.
Es war ein Fest! Wir haben mit wunderschön schimmernden Seidentüchern die hässlichen Stühle verhüllt. Wir haben aus leuchtenden Seidentüchern Vorhänge gemacht und das Graugrieselige draußen ausgesperrt. Wir haben die kuscheligen Sitzkissen verteilt, die haben so ausgesehen, als kuschelten sie mit sich selber.
Karls Ohren haben geglüht und meine Backen auch.
Die graue Schuhschachtelwohnung ist wie verwandelt.
Karl hat viele Kerzen angezündet und Räucherstäbchen.
Wir haben Glöckchen am Fenster aufgehängt, die klingeln leise mit dem Wind. Es leuchtet, es duftet, es glänzt, es weht.
»Wir sind bei Aladin im Morgenland«, hat Karl gesagt, sich auf ein samtrotes Seidenkissen fallen lassen und seine knochigen Beine in den schmutzbespritzten Jeans weit von sich gestreckt.
»Rück näher zu mir, Kind.«
Ich hab mein königsblaues Sitzkissen zu ihm näher gerückt.
Karl hat müde ausgesehen.
»Und was hat meine Prinzessin heute so gemacht?«, hat er gefragt, die Augen geschlossen.

»Petitessen«, habe ich gesagt. Karl hat gelächelt. Und dann ist er eingeschlafen.

Mom ist natürlich nicht gekommen, aber das hab ich ja schon gewusst. Dafür ist Karl da geblieben, den ganzen nächsten Tag lang und der war schön. Vom Müsli-Frühstück mit viel Obst bis zum Mittagessen. Gelbe Seidenvorhänge haben geweht und so was wie Sonne auf das Müsli gestrahlt.
Karl hat Unmengen von Tee in sich hinein geschüttet und sich dreimal den Müsli-Teller vollgehäuft. Wie kann ein Mensch soviel essen und bleibt dabei so dünn? Karl, der kann.
Die Bettenlüfterei, die Putzerei haben wir gemeinsam erledigt. Bloß mein langer Bademantel war hinderlich, immer wieder hat er sich um meine Beine verheddert, aber Bademantel muss nun mal sein. Karl hat mit dem Putzlappen geschimpft, der stinkt.
Ich musste lachen. Karl redet mit den Sachen so, als wären sie wirklich wichtig. Ich hab mit meinem Bademantel geschimpft, aber der ist ja nun mal wirklich wichtig. Leider stinkt er inzwischen …
Dann raus auf die Straße mit Taschen voller schmutziger Wäsche, zum Waschsalon. Ich hab kurz überlegt, ehe ich mich in den dicken Wintermantel gemummelt hab, ob ich den stinkigen Bademantel ganz rasch zur Schmutzwäsche stopfen soll. Aber, wenn wir alles wieder abholen und der Bademantel ist noch nicht trocken? Was mache ich dann? Also, der Bademantel bleibt hier. Im Schwan. Der hat doch Geheimnisse gern, hat Karl doch gesagt!

Auf Karls Rücken hüpft ein Rucksack mit Schmutzwäsche, Karls lange Beine wetzen über die glitschige Straße. Es will noch

immer nicht schneien, es ist bloß nass und dunkelgraue dicke Wolken hängen tief auf den Dächern der Häuser und sehen so aus, als wollten sie es lieber regnen lassen als schneien. Ich haste Karl hinterher, meine Schmutzwäsche-Tasche ist leicht.
Im Waschsalon stopfen Karl und ich gemeinsam den Waschmaschinen-Bauch voll und hocken uns gemeinsam davor. Ich hab in Blitzesschnelle gelernt, wo die Groschen in den Schlitz geworfen werden und welche Knöpfe man drücken muss.
Karl hat nur gesagt: »Die Anleitung steht groß und deutlich angeschrieben! Liebe Freundin, du kannst doch lesen?«
Natürlich hab ich gleich begriffen, er sagt das nur, damit ich das lerne. Warum ich das lernen soll, darüber hab ich lieber nicht nachgedacht. Karl hat das Bullauge, wo die Wäsche immerzu rundherum gewirbelt wird, genau betrachtet und sein Trompetenlachen ausgestoßen.
»Jetzt schau dir doch mal dieses Fernsehprogramm an! Jetzt kommt die Unterhose, nein, das Taschentuch, nein, die Bluse, jetzt das Handtuch …«
Die Leute im Waschsalon haben erst die Stirn gerunzelt, was schwatzt der denn da. Dann haben sie geschaut und dann, einer nach dem anderen und manchmal zwei zusammen, haben sie gekichert. Ich war richtig ein bisschen stolz. Karl schafft es, dass die Leute lachen. Ich hab mich eng neben Karl gekuschelt, damit alle sehen, dass er zu mir gehört. Und ich war froh, dass nicht mein Bademantel da rumgewirbelt wird. Da hätte Karl bestimmt was anderes gesagt und alle hätten es gehört. Furchtbar!
Ja, aber dann kam's doch. Kann Karl Gedanken lesen?
»Ich vermisse deinen Bademantel!«, hat Karl gesagt, als er die getrocknete Wäsche in seinen Rucksack stopfte.
»Ja!« Ich hab genickt und den Atem angehalten.

»Ach!«, hat Karl nur gesagt und sich den Rucksack auf den Rücken geschwungen. »Darüber reden wir später, ja?«
»Nein!«, hab ich gesagt. Ich glaube, es war zum ersten Mal ein »Nein« in meinem Leben, das feste Füße hatte …

Kapitel 12

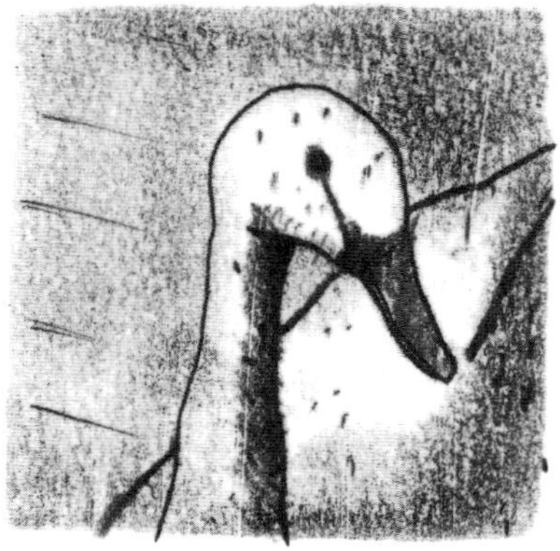

Die märchenschöne Wohnung hat uns freundlich empfangen. Das trübe Winterlicht wird so hübsch gefärbt durch die seidendünnen Vorhänge, im Wohnzimmer hocken die dicken, samtigen Sitzkissen, und um die hässlichen Stühle wehen zarte, bunte Schleier. Der Tisch ist verschwunden unter einer dicken, goldbestickten Brokat-Decke mit Fransen, wie aus einem Schloss. Teddy-Teddys Nase hat einen rosigen Schimmer, hingezaubert von einem verirrten Sonnenstrahl, der meine rosa Vorhänge schimmern lässt. Selbst der strapazierte Schwan sieht zufrieden aus und seine Federn leuchten ganz leicht rosa. Zufrieden, weil man ihn in Ruhe lässt? Oder zufrieden, weil er ja vielleicht, vielleicht wieder mal gebraucht werden wird?

Ich koche, gewickelt in meinen Bademantel. Karl lümmelt am Tisch herum, trinkt Tee und schaut zu.
»Karl, jetzt hilf doch mal! Was soll ich jetzt machen?«

Karl grinst.
»Denk nach, junge Frau.«
»Erst die Tomaten und dann die Paprika und dann den Salat?«
»Denk nach, junge Frau!« Karl legt die Füße auf den Küchentisch.
»Du kannst es, ich weiß es.«
»Ich nicht.« Ich seufze und schnibbele Gemüse. Wie war das noch mal mit dem Reis? Und schon wieder stolpere ich über den Saum des Bademantels. Ist der jetzt gewachsen oder was?
»Karl, ich kann es nicht!«
»Dodo, du kannst es schon!«
»Nein!« Aber dieses »Nein« wackelt, und Karl spürt das genau.
»Wir haben alle Zeit dieser Welt, meine süße Freundin!«, sagt er und wackelt mit seinen handgestrickten Socken auf dem Tisch.
»Nun mach mal voran, ich sterbe vor Hunger.« Er reibt sich den Bauch, tatsächlich, der knurrt. Karl lacht sein Trompetenlachen.
»Mädel, ich sterbe! Nun mal hoch mit dem Hintern!«
Ich kichere. Ich kann doch meinen Schutzengel nicht sterben lassen. Also, wie war das noch mal mit dem Reis?

Das Mittagessen ist beinahe wirklich gut gelungen. Karl hat gelobt und Unmengen verschlungen. Ich hab vor Aufregung beinahe nichts runtergekriegt. Ich kann tatsächlich jetzt was kochen! Das ist neu, das ist toll.
Und sofort kommt ein hässlicher Gedanke herangehüpft. Wenn ich jetzt kochen kann, und putzen kann ich auch, und Wäsche im Waschsalon waschen, und ganz sicher irgendwann selber im Bioladen einkaufen gehen kann, wird Karl glauben, dass er jetzt überflüssig ist? Geht er dann wieder weg?

Karl streckt sich und gähnt lauthals. Die Hand vorm Mund hat er vergessen.

»Nach dem Essen sollst du ruhn oder hundert Schritte tun. Sagt die alte Bauernweisheit. Also, Mädel, entscheide dich!«

Ich überlege, spülwassernasse Gabeln in der Hand. Wer kocht, muss auch abspülen, so ist es abgemacht.

»Nach dem Essen sollst du stricken, oder ...«

Ich werde knallrot, die gespülten Gabeln klappern zurück ins Spülwasser. Ein widerliches Wort, so hässlich und so heimlich rumgeflüstert und gekichert in der Schule, ist mir eingefallen. Das hab ich doch hoffentlich nicht laut gesagt, oder? Nein, hab ich nicht. Aber warum muss Karl dann so lachen, dass er sich verschluckt?

Vorsichtshalber lache ich mit, und den verklebten Reistopf, den darf Karl jetzt schrubben. Karl schwingt die Spülbürste und trompetet laut:

»Nach dem Essen sollst du wanzen oder mit der Dodo tanzen.«

Was? Ich räume die Teller in den Schrank. Das meint er doch hoffentlich nicht ernst. Jetzt muss mir aber schnell was einfallen.

»Nach dem Essen sollst du putzen oder die Zahnbürste benutzen.«

»Ach, das gute, brave Kind!«, ruft Karl und mit Schwung landet das Geschirrtuch ... auf meinem Kopf.

Pfui Teufel, das stinkt doch!

»Genau wie dein Bademantel!«, sagt Karl, »also beschwere dich nicht. Und ich sag dir was, mein Bauernweisheitsspruch war besser. Also los, junge Frau.«

Und damit zieht mich Karl ins Wohnzimmer legt Musik auf. Nicht »Hänsel und Gretel« zum Mitsingen, sondern Mozart-Musik. Ein *Divertimento*, da singen Geigen und jubeln Flöten.

Ein *Divertimento* ist ein Vergnügen, sagt Karl überflüssigerweise. Weiß ich doch längst. Ich bin doch die Tochter von Gloria.
»Es ist ein musikalisches Vergnügen«, sage ich trotzdem und ziehe den Bademantel hoch, er ist schon wieder abgerutscht. Karl summt mit, wieder falsch, und seine Ohren leuchten rot wie die Vorhänge. Er fasst nach meinen Händen und zieht mich im Takt der Musik rundherum und ruft:
»Dann sei jetzt auch vergnügt, junge Frau!«
Da war es plötzlich ganz leicht! Tanzen, hüpfen, sich drehen, mitsummen mit der Musik. Karl tanzt um mich herum, ich drehe mich im Kreis und Karl hebt Sitzkissen hoch und lässt sie wieder fallen und er grinst sein Breitmaulfrosch-Grinsen. Er wirft die dünnen Arme in die Höhe und ich tue es ihm nach. Dabei rutscht der Bademantel endgültig von meinen Schultern. Schreck!!! Sofort will ich nach dem Bademantelbündel auf dem Boden greifen, da hat Karl ihn schon erwischt, wirbelt ihn über seinen Kopf und lacht und tanzt und singt zur Musik der Geigen: »Ich hab ihn, ich hab ihn! Das elendige Muffelstück!«
Ich bin erschrocken gehüpft und gesprungen, aber ein Tanz war das nicht mehr. Den Bademantel, den muss ich wiederkriegen. Ich bin ja hier wie nackt! Der Pulli zu eng, die Hose zu eng, beim Springen und Greifen schwabbelt widerlich der Bauch … das darf er nicht sehen!
Bitte, Karl, gib ihn mir zurück!
Aber der lange Lulatsch Karl wedelt mit dem Bademantel beinahe hoch bis zur Zimmerdecke und jodelt dabei: »Fang ihn doch, fang ihn doch!«
Keine Chance. Ich bleibe stehen, am liebsten wär ich weg. Verkrochen im Bett bei Teddy-Teddy. Ich nage am Daumennagel. Das muss jetzt sein.

Bitte, Karl, gib ihn mir zurück. Und da war er plötzlich wieder, der muffelige Bademantel, fest um mich gewickelt. Karl hat vor mir gekniet und den Bademantelgürtel zu einer festen Schleife gebunden. Kein Trompetenlachen mehr und kein Gejodel.
»Dodo!«, hat Karl gesagt, kaum zu hören, die Musik war so laut. »Dodo, sei mir nicht böse! Das war gemein. Dein Karl ist leider ein ziemlicher Depp!«
Was hätte ich da sagen sollen? Ich hab gelacht, und damit war der Daumen aus dem Mund geflutscht.
Plötzlich ein Schlüsselgeräusch an der Tür. Karl auf den Knien, ich im Bademantel, wir horchen auf. Das *Divertimento* von Mozart jubelt weiter.
Mom! Sie ist gekommen und hat sich gar nicht angekündigt! Ich flitze los und renne in ihre Arme. Mom! Wie schön!
»Schätzchen!« Mom hält mich fest, schnüffelt, und lässt mich wieder los. »Kind, hier muffelt was, bist du das?«
Ja klar bin ich das, vielmehr der Bademantel. Aber jetzt nicht mehr.
Blitzschnell schlüpfe ich raus und kicke den Muffler in die Flurecke. Mom ist doch so empfindlich gegen Gerüche.
Außerdem weiß sie doch, wie dick ich bin.
Und jetzt muss ich ihr sofort unsere Zauber-Wohnung zeigen, die kennt sie ja noch gar nicht.
Mom lässt ihren Kunstpelz fallen und lächelt.
»Mozart, wie hübsch.«
»Ja, und stricken kann ich auch, Mom!«, sage ich und ziehe sie vorwärts.
Karl im Wohnzimmer hockt auf einem Samtkissen, seine Ohren glühen. »Liebchen!« Gloria strahlt ihn an und haucht ihm Küsschen rechts und links auf die Wangen. »Geht es euch gut, ihr zwei? Brauchst du Geld?«

Karl schüttelt den Kopf und er hockt da auf dem Samtkissen wie fremd.

»Wie schön!«, lächelt Mom und verschwindet im Badezimmer. Ihr Lippenstift ist verrutscht.

Aber dann hat sich Mom doch noch unsere Wohnung angeschaut. Die hübschen Samtkissen, die verkleideten Stühle, die wehenden Seidenvorhänge, das Glöckchengeklingel. Ich hab sie einfach nicht losgelassen, ich hab sie überall hingeführt und dabei geplappert, beinahe so ein Wasserfall-Geplapper wie von Karl. Der saß stumm auf seinem Kissen, hat sich nicht von der Stelle gerührt. Ich hab Mom alles erzählt, vom Kochen, und dass der Reis so lange dauert und vom Waschsalon und vom Bio-Markt und dass Karl und ich auf der Straße immer rennen und dass ich jetzt wirklich stricken kann, ein bisschen jedenfalls. Da habe ich gemerkt, ich erzähle ja immer wieder dasselbe. Mom hat geschwiegen. Bei den Räucherstäbchen hat sie die Nase gerümpft und beim Schwan in meinem Zimmer ist sie zusammengezuckt und hat geseufzt. Ich hab ihr gleich die Geschichte vom Lohengrin-Schwan erzählt, der jetzt in Rente ist. Bei mir. Hat Mom zugehört? Gefällt ihr unsere Zauberwohnung?

»Hauptsache, du fühlst dich hier wohl, Schätzchen«, hat Mom gesagt und mir über mein Stoppelhaar gestrubbelt. »Dann bin ich doch beruhigt.«

Sie hat nach dem Telefon gegriffen und ein Taxi bestellt.

»Schätzchen, du verstehst, morgen in der Frühe hab ich Probe.«

Dann war sie weg. Und unterm Telefon lagen viele Geldscheine.

Aber immerhin, sie war ja da!

Ohne Bademantel hab ich mich zum stummen Karl gesetzt.

Der hat die Geldscheine genau gesehen, Mom hatte die Tür weit auf gelassen. Mit Absicht? Damit er das Geld sieht?
Karl hockt da und lässt die Schultern hängen und grübelt in sich hinein. Keine Rede mehr vom Tanzen. Seine Fröhlichkeit ist mit Mom aus der Tür geflogen.
Ich kuschele mich näher. Immerhin, Karl, Mom war doch da! Und schau doch mal, Karl, unser Bademantelstreit hat sich erledigt. Der Muffel liegt im Flur und muffelt ohne mich.
Karl hat nicht geschaut. Er hat so ausgesehen, als hätte er eine Ohrfeige bekommen. Schlimmer noch. Er hat so ausgesehen, als hätte er die Ohrfeige verdient. Weil Gloria meint, ihn bezahlen zu müssen, damit er lieb zu mir ist? Ist es das?
»Karl!« Ich zupfe an seinem Ärmel. Karl reagiert nicht. Ich möchte ihm erzählen, dass Gloria immer auch die Zimmermädchen extra bezahlt hat, damit sie auf mich aufpassen. Aber da habe ich schon gewusst, das ist keine gute Idee. Karl ist doch kein Zimmermädchen.
Da habe ich plötzlich eine wirklich gute Idee gehabt. Es war gar nicht schwierig. Na ja, nur ein bisschen schwierig …
»Karl«, hab ich gesagt. »In deinem Zimmer hast du doch einen großen Spiegel, ja?« Karl hat genickt.
»Da bleibt der auch, Dodo, wir belassen es dabei. Spiegel sollen dich nicht irritieren.«
»Darf ich trotzdem mal schnell reinschauen?«, hab ich gesagt. »Ich will doch bloß mal sehen, ob ich traurige Augen habe. Weil Mom nicht mehr da ist.«
Da war es wieder da, sein Trompetenlachen! Gottseidank!
»Ach, Dodo, was bist du doch für ein Schatz!«

Tatsächlich haben wir gemeinsam eine ganze Weile vor dem prachtvollen Spiegel in Karls Zimmer gestanden.

Karl hinter mir, seine Hände lagen auf meinen Schultern. Nicht auf Bademantelschultern, sondern auf ganz normalen Pulli-Schultern. Nur mit diesem Schutzengel-Hintergrund habe ich mich getraut, die ganze Dodo im Spiegel anzuschauen.
Der Bademantel, der alles so schön verhüllt hat, hätte mir was Netteres erzählt. Jetzt steht da eine Dodo und trotz Gemüse und braves Gerenne quillt der Bauch über ihre Hose. Im Pulliärmel stecken Oberarme, dick wie Würste und mein Hals … Hab ich überhaupt einen? Es sieht aus, als würde mein Kopf, der auch nicht so gelungen ist, gleich auf meinen Schultern sitzen. Nur meine blauen Augen, die sind in Ordnung und sehen kein bisschen traurig aus.
»Ich bin zu dick!«, sage ich. Ohne Seufzen und ohne Daumennagel-Genage. Einfach so. Es ist ganz leicht, es zu sagen. Und auch zu sehen. Karl steht ja hinter mir und hält mich fest.
Karl nickt. »Und ich bin zu dünn.«
»Ich wäre viel lieber dünner«, sage ich.
»Und ich wäre viel lieber dicker!«, sagt Karl.
»Ich hätte gerne so lange dünne Beine wie du«, sage ich.
»Ich hätte gerne so entzückende Sommersprossen wie du!«, sagt Karl.
»Ich hätte so gerne so lange, rote Haare wie Mom«, sage ich.
»Dann lasse sie wachsen und färbe sie rot«, sagt Karl und kichert. »So wie Gloria es tut. Um die Wahrheit zu sagen, da müsste mal wieder nachgefärbt werden.« Karl legt den Kopf schief und blinzelt mir im Spiegel zu und legt den Finger auf die Lippen. Hinter dem Finger grinst er breit sein Karl-Lächeln. Von einem Ohr zum anderen. Ich blinzele zurück. Wenn das jetzt Gloria gehört hätte …
So stehen wir vor dem Spiegel, der lange, dünne Karl und die

kleine, dicke Dodo und kichern. Ich hab gar nicht gewusst, dass meine Sommersprossen auf der Nase hüpfen, wenn ich lache. Das sieht sogar richtig lustig aus.
Karl wuschelt in meinen dünnen Haaren herum.
»Sage ich doch die ganze Zeit, gutes Kind. Hier steht ein Prachtexemplar von Dodo.« Er zieht meine spärlichen Haare in die Höhe. »Oben zu dünn und unten zu dick, so was trifft man nicht oft!« Da hab ich ihn in den Bauch geboxt. Ich glaube, sogar richtig fest.
»Schmerz!«, hat Karl geschrien. So laut wie der lachen kann, kann er auch schreien. Und schreiend hat er mich in die Arme genommen. Ganz richtig fest. Dann war die Spiegel-Schau vorbei.

Irgendwie war die Stimmung an diesem Abend trotzdem futsch.
Unsere Märchen-Wohnung hat geleuchtet und geduftet, aber Gloria ist durchgefahren wie ein rascher, kalter Blitz.
Wir haben zusammen gestrickt, schweigend.
Den Bademantel habe ich nicht vermisst, bloß es war nicht schön zu sehen, wie mein Wollfaden sich über meinen Bauch hin zum Wollknäuel geschlängelt hat wie über einen Luftballon.
»Karl?« Von Karl Gebrumme.
»Karl, was strickst du da eigentlich?«
Karl brummt: »Pullover.«
»Für dich, Karl?« Karl zuckt die knochigen Schultern.
Ganz schnell schlucke ich eine Freude weg, die geheißen hat: »Aber Dodo, liebes Kind, natürlich für dich, die beste Dodo auf der Welt.« Hätte er doch vielleicht sagen können. Hat er aber nicht.

»Karl?« Karl schaut nicht auf, er strickt verbissen, seine Nadeln klappern blitzgeschwind. Ich hole tief Luft.
»Karl, bist du traurig, weil Mom unsere Wohnung nicht schön gefunden hat? Und weil Mom dich bezahlt wie ein Zimmermädchen? Weil du so wenig Geld hast? Und weil du vielleicht gar nicht aus deiner Wohnung geflogen bist, weil die da bloß die Wohnung sauber streichen wollen, sondern …« Ich schlucke.
Was sind das für neue Fragen, was trau ich mich denn da!
»Karl, bist du deshalb traurig?«
Ich halte den Atem an. Aber er nickt und ich kann wieder atmen.
»Ich bin auch traurig«, sage ich, auch wenn es nicht stimmt. Denn eigentlich bin ich froh. Jedenfalls halbfroh … Alleine traurig sein ist traurig, aber zusammen traurig sein, das ist was, was wärmt.
»Dann lass uns zusammen traurig sein!«, sagt Karl und greift nach meinem Stricklappen. Da ist schon wieder eine Masche runtergefallen.
Kann Karl Gedanken lesen? Ja klar, er kann. Er ist ja mein Schutzengel … und ein bisschen kann ich auch seiner sein.

Aus der gemeinsamen Trauer ist aber gar nichts geworden. Karl hat sich mit der Stricknadel ins Ohr gestochen.
»Blut!«, hat Karl gebrüllt. Erst bin ich erschrocken, dann musste ich lachen. Was stochert er sich denn auch mit der Stricknadel im Ohr herum, wo andere sich mit dem Finger kratzen.
Ich hab ihm sofort das Ohr verpflastert, Blut war gar nicht zu sehen. Aber was für Riesenohren dieser Karl doch hat. Da muss seine Mutter aber ganz schön erschrocken sein, als sie ihr Fledermaus-Kind zum ersten Mal gesehen hat. Genauso wie Mom

wahrscheinlich, als man ihr das kugelrunde rosa Dodo-Schätzchen in die Arme gelegt hat. Vielleicht sind wir beide, Karl und ich, der Schreck unserer Mütter? Dann können sie nichts dafür. Wir aber auch nicht.
»Trost!«, schreit Karl und zappelt auf seinem Samtkissen herum.
»Ich brauche Trost, ich bin verletzt!«
Am liebsten hätte ich jetzt gelacht. Immer diese Oper, immer alles ein bisschen zu viel. Da war doch höchstens ein Tröpfchen Blut. Ich hab ihm das Ohr noch mehr zugepflastert. Karl hat stillgehalten und geseufzt:
»Jetzt, liebe Krankenschwester, jetzt bin ich taub!«
Da hab ich in sein taubes Ohr geflüstert.
»Er ist der allerbeste Karl, den ich je gehabt habe.
Ich kann mich nicht leiden, weil ich so dick bin.
Ich habe Sehnsucht nach Mom, weil sie mich nicht mag.
Ich bin froh, dass ich den Bademantel nicht mehr brauche.
Ich finde unsere Märchenwohnung wunderschön.
Ich habe Angst, dass Karl mal wieder weggeht.«
Karls zugepflastertes Ohr hat nichts gehört, da bin ich sicher. Aber sein gesundes Ohr offenbar schon. Karl hat gelächelt, zur Zimmerdecke hochgeschaut und der Zimmerdecke zugeflüstert: »Diese Worte behalte ich in meinem Herzen.« Und der Zimmerdecke einen Luftkuss hochgeworfen.
»Da oben klebt ein Kuss. Siehst du ihn?«
Natürlich sehe ich ihn nicht. Aber wenn Karl das will, sehe ich ihn doch.
»Wenn du dir jetzt das Ohr zupflasterst, sage ich dir auch was«, hat Karl gesagt und mit einer Stricknadel auf mein Ohr gezielt.
»Oder soll ich …«
Bloß nicht. »Wenn ich die Ohren zuhalte, gilt das auch?«

»Nur wenn du nicht schummelst. Ehrenwort!«, sagt Karl.
»Ehrenwort!«, sage ich und presse die Hände fest auf die Ohren.
Na klar kann ich hören, was er flüstern wird. Karls Flüstern ist doch sowieso trompetenartig.
Das Flüstern war aber bloß kurz.
»Dodo ist die beste Dodo, die er kennt.
Dodo ist die allerbeste Dodo, die er kennt.
Dodo ist die allerallerbeste Dodo, die er kennt.«
Punkt. Schluss und aus. Es kommt nichts mehr.
War das alles? Ja, das war alles.
Aber war es nicht schön? Doch, schon … es war schön.

Kapitel 13

Am nächsten Morgen beim Frühstück klingelt das Telefon. Ich fahre hoch. Mom? Aber mein Blick zur Uhr lässt den Freudenschreck gleich wieder verschwinden. Viel zu früh für Mom. Sie schläft sicher noch.

»Für mich!« Karl sprintet los und stolpert prompt über den Saum von seinem Schlabber-Bademantel. So was kann mir ja nun nicht mehr passieren …

Karl strahlt und seine Ohren leuchten. Die Oper hat angerufen, er wird gebraucht. Es gibt Probleme beim Kinderchor, die Grippe geht um, viele sind krank. Es gibt Probleme mit der Sängerin, die den Hänsel singt. Sie findet ihr Hosenkostüm so scheußlich, sie sähe darin ja aus wie eine Leberwurst.

»Sie ist eine Leberwurst!«, ruft Karl fröhlich und schon ist er weg. Bademantel hingeschmissen auf den Boden, rasch eingewickelt in Anorak und Schal. Zum Zettel-Kleben für Dodo keine Zeit, gerade mal ein Winke-Winke und ab die Post, hin zum Bus.

Ich hab mein Müsli alleine löffeln dürfen. Es hat nicht mehr geschmeckt.
Dass Mom in die Oper muss, weiß ich ja, dass Karl in die Oper muss, weiß ich ja auch. Sie kommen ja wieder, darauf darf ich doch inzwischen hoffen.
Da war was anderes in meinem Bauch, das hat eklig gestochen. Ich bin neidisch! Mom wird gebraucht, Karl wird gebraucht. Ich will auch mal gebraucht werden! Komm schon, Dodo, hier wird nicht jammerlappig rumgehangen. Heb den Hintern hoch und tu was. Auch ohne Karl kann ich Karl hören. Ja klar, Karl, ich tu was.
Ich pappe einen Klebezettel an seine Tür.
»Hallo, lieber Lieblings-Karl«
An Moms Tür habe ich auch einen Zettel gepappt:
»Gute Nacht, liebe Mom«
Den hab ich aber wieder abgerissen. Sie kommt ja doch nicht!
Ich hab Hunger! Aber Josef, den Würstchenmann, werde ich nicht besuchen. Erstens ist da mein Versprechen, heute keine Würstchen zu essen und zweitens ist da ja sowieso der magische Kreis um die Bude, den Karl für mich getanzt hat.
Ich geh zu Bruno.

»Bella Italia« war geschlossen, natürlich. Ich hab trotzdem geklopft. Sogar zweimal. Der strenge dicke Chef hat aufgemacht und wollte gerade sein »Geschlossen« knurren und da wollte ich dann doch lieber wieder weg. Aber dann hat der Chef gegrinst und mich ins Restaurant gezogen. Mit einer ganz albernen Stimme hat er gerufen:
»Bruno, dein Damenbesuch ist wieder da«. Und er hat gekichert und wenn so ein Dicker kichert, dann hüpft sein dicker Bauch auf und ab. Ein blöder Typ. Erst knurrig und dann so

süßlich. Und Bruno muss das täglich ertragen, wo er doch viel lieber daheim sein möchte, in Italien …
Da ist er schon gerannt gekommen, der Bruno, seine Glatze hat geleuchtet. Der knurrige Chef ist in der Küche verschwunden und ich konnte bleiben.
Bruno hat sich deutlich gefreut, mich zu sehen. Er hat mir sofort den üblichen Kakao gebracht und gleich losgeschwatzt in seinem lustigen Deutsch.
»Mama, gutes italienisches Mama, ihm gemacht immer köstlich Kakao, wenn Bruno war traurig.«
»Warum warst du denn traurig?«, frage ich und schlürfe vorsichtig, der Kakao ist heiß.
»Jaja.« Bruno streichelt seine Glatze. Nachdenklich.
»Ich waren Kind nicht so wie andere Kind. Nix Fußball und Kloppen, bumm bumm … sagt man so? Kloppen?« Ich nicke.
»Ich waren anderes Kind, du weißt, mehr so Musik …«
Bruno faltet die Hände, dreht die Augen nach oben, und jetzt fängt er doch tatsächlich an, ein Kirchenlied zu singen. Auf Italienisch. Aber dass das ein Kirchenlied sein muss, das erkenne ich sofort. Kinderlieder hüpfen mehr und haben eine ganz einfache Melodie und sind auch schneller zu Ende.
Bruno singt andächtig und so, als wüsste er jetzt gar nicht mehr genau, wo er ist, nämlich im Restaurant mit dem knurrigen Chef im Hintergrund. Der scheppert herum mit den Töpfen. Ich höre Bruno zu. Der Kakao ist längst ausgetrunken. Im Lied kam immer so ein schönes Wort vor: »Bimbo Gesù!« Was heißt das?
»Kind Jesus«, sagt Bruno. »Ich glaube.«
»Jesuskind«, sage ich. »Ich weiß.«
»Jesuskind«, sagt Bruno und grinst.
»Bimbo Gesù«, sage ich und ich sage es richtig. So ein schönes Wort. Das hat er mir jetzt geschenkt, so wie Karl die »Petites-

sen«. Bruno hat den Tisch gedeckt für zwei. Hat zwei Teller Spaghetti gebracht, warm und duftend und hat sich zu mir an den Tisch gesetzt.
Der Chef hat's erlaubt, denn dass sein Kellner auch mal zu Mittag essen muss, das sieht er ein. Und wenn er es tut zusammen mit einem kleinen Mädchen, ihm soll es recht sein. Zwinker, Zwinker im Hintergrund und ein Gebrummel.
Brunos weißes Hemd ist trotz der köstlichen Tomatensoßen-Spaghetti blütenweiß geblieben. Auf meinem Pullover sind überall tomatenrote Punkte, die sehen aus wie Masern. Mit Masern-Pünktchen kenne ich mich aus. Ich hatte sie mal und es war eine Katastrophe für Gloria. Nur gut, dass sie mich ins Krankenhaus bringen konnte, da hat man sich wirklich sehr liebevoll um mich gekümmert. Mom ist nicht zu Besuch gekommen, sie hätte sich ja anstecken können, eine Katastrophe. Aber sie hat ganz oft angerufen, das weiß ich noch, weil mir die netten Krankenschwestern das erzählt haben. Und Mom hat Blumen geschickt. Neben meinem Masern-Krankenbett standen die dicksten und größten Blumensträuße, die man sich denken kann.
Aber Pullover kriegen keine Masern.

Bruno hat erzählt und erzählt und dabei immer wieder verlegen seine Glatze gestreichelt. Wie er so gerne in die Kirche gegangen ist, um Bimbo Gesù in den Armen von Mama Maria zu sehen und Kerzen anzuzünden. Heimlich, ganz viele. Und wie er am Meer gewesen ist und alle Kinder haben sich bespritzt und im Wasser getobt, nur er hat ganz alleine am Strand getanzt, zusammen mit den Wellen. Und keiner hat mit ihm tanzen wollen, alle haben lieber Sandburgen gebaut oder sich »gekloppt«.

Ich hätte endlos zuhören können. Immer wieder hat sich Brunos Deutsch irgendwie verknäult und ich habe ihn verbessert und immer hat sich Bruno dann am Tisch verbeugt und sich bedankt mit einem »Grazie«.
Und mitten in seiner Erzählung, wie ein Huhn geschlachtet werden sollte und das hätte es genau gewusst und fürchterlich gegackert ... Bruno hat gesagt »gegickert« ... da hätte er so weinen müssen, dass seine Nonna, seine Oma, mitgeweint hätte und das Huhn hätte leben bleiben dürfen. Vielleicht lebt es ja heute noch? Mitten in dieser Geschichte habe ich plötzlich gedacht: »Ich werde gebraucht! Zum Zuhören und zum Verbessern.«
Da wäre ich am liebsten bis zum Abend hier bei Bruno sitzen geblieben.
Das ging aber nicht. Der Chef im Hintergrund war nicht mehr im Hintergrund, er ist dickbäuchig herumgeschlappt und hat die Tische gedeckt. Was heißt: Die Gäste kommen. Was heißt: Abmarsch für Dodo.
Aber dass ich wiederkommen darf, das weiß ich. Der Chef hat mir mit Zwinker-Zwinker die Tür aufgehalten. Ich renne brav nach Hause.

Karl hat angerufen. Da hab ich schon gewusst, das heißt nichts Gutes, nämlich, er kann nicht kommen. So war's dann auch. Im Opernhaus gibt's Turbulenzen, ohne den guten Karl geht alles drunter und drüber. Na klar doch ... aber vielleicht geht hier ja auch ohne den guten Karl alles drunter und drüber ... aber nein doch! Karl wollte wissen, wie seine allerliebste Freundin den Tag verbracht habe. Aber er hat es so eilig gefragt, beinahe so wie Gloria, dass ich schon gemerkt habe, zum Zuhören hat er gar keine Zeit. Oder keine Lust ...?

So hab ich bloß »mit Petitessen« geantwortet.
Ich hab an meinen rosa Hasenpuschen rumgefummelt, hab die puscheligen Ohren hin und her baumeln lassen. Und auch am Daumennagel geknabbert. Und dann die Hasenpuschen ein bisschen durch die Gegend geschmissen. Sieht ja keiner. Von Bruno hätte ich Karl am Telefon sowieso nichts erzählt. Den hab ich lieber alleine für mich. So wie Karl die Oper. Das hat er dann davon!
Aber am Telefon bin ich dann trotzdem hocken geblieben. Könnte ja sein, Mom ruft an. Könnte doch sein …

Das Telefon klingelt nicht, dafür aber ein Schlüssel im Schloss. Ich raffe schnell die Hasenpuschen zusammen. Das kann doch bloß mein Karl sein! Der hat geschwindelt! Weil er mich überraschen will. Und ich bin auch noch drauf reingefallen.
Ich reiße die Tür auf.
»Du hast mich angeschwindelt, das war gemein!«
»Was für eine nette Begrüßung«, sagt Mom und ihr Pelz landet halb auf dem Boden, halb auf mir drauf. Mom!!! Mom umarmt mich, vielmehr ihren Pelz.
»Guten Abend, Schätzchen, geht's dir gut?«
Mom ist gekommen! Ich schlucke. Mom und nicht Karl. Ich nicke und der Pelz in meinen Armen nickt mit.
Aber Mom braucht keine Antwort, ich kriege einen flüchtigen Kuss aufs Stoppelhaar und schon ist Mom in ihrem Zimmer, die Tür hat sie offen gelassen.
Sie wühlt im Schrank herum, ein Koffer liegt aufgeklappt auf ihrem Bett.
»Dora, liebes Kind!« Diesen Ruf kenne ich. Der heißt: »Dora, jetzt kommt was Unangenehmes, aber so ist nun mal das Leben in der Oper.«

Ich schlappe zu ihr mit meinen Hasenpuschen. Mom legt Blusen in den Koffer. Sie zieht die Augenbrauen hoch und zeigt mit einem Blusenärmel auf meine Füße.

»Niedlich! Sicher ein Geschenk von Karlchen.«

Ihr »niedlich« klang wie »scheußlich, so ein Kitsch«. Ich kenne doch meine Mom …

»Mom, fährst du weg?«, frage ich. Wo ich doch viel lieber fragen würde: »Mom, bleibst du da?«

Aber der aufgeklappte Koffer auf dem Bett, schon halbgefüllt mit Gloria-Sachen, sagt doch schon alles.

»Liebes Kind, machst du uns einen Kamillentee? Sei so lieb.« Mom schüttelt ihr seidenes Abendkleid aus.

Sicher mache ich uns einen Kamillentee, so was kann ich doch längst. Aber die Hasenpuschen, die niedlichen, behalte ich an. Früher hätte ich die jetzt bestimmt ganz schnell ausgezogen und versteckt. Heute nicht. Ja, sie sind ein Geschenk von Karl.

In der Küche sitzt Mom mir gegenüber und dreht ihre Kamillentee-Tasse in den Händen. Sie sieht aus wie eine, die hier kurz Pause macht und gleich fährt ihr Zug ab. Irgendwohin.

Ich mag meinen Tee nicht trinken. Mein Hals ist wie zugeschnürt.

»Schätzchen, wir müssen reden. Hörst du zu?«

Nein, will ich nicht. Will nicht reden, will nicht hören, was ich gleich zu hören kriege. Ich nicke. Und würde doch am liebsten sagen: »Mom, nein, bitte nicht. Bitte dableiben, Mom! Lass uns alle drei zusammen dableiben, Mom.« Das kann ich mir sparen. Erstens traue ich mich nicht. Und zweitens hat es keinen Zweck.

»Schätzchen, Liebes, meine vernünftige Dora.« Gloria lächelt und zupft nervös an ihrem Blusenkragen.

»Stell dir vor, ich habe ein wundervolles Angebot, ich singe ei-

nen Liederabend, nur ich alleine und es begleitet mich ein wundervoller Pianist. Ist das nicht wundervoll?« Sie breitet die Arme aus, lächelt zur Decke. Ich nicke.
»Meine Chance, Dora, das ist dir doch klar!« Ich nicke.
Gloria springt auf, keine Sekunde mehr hält sie es aus auf dem Stuhl, vergessen ist der Kamillentee. Sie hält es überhaupt nicht mehr hier aus. Sie möchte weg, sofort. Rein in den Zug und hinfahren in die kleine, aber feine Kulturstadt, wo man sich glücklich schätzt, Gloria gewonnen zu haben für den wundervollen Liederabend, ihre Chance … Ich nicke und nicke und wenn ich noch so weiternicke, fällt mir bald der Kopf ab.
»Schätzchen, freust du dich für mich?«
Was soll ich tun? Ich nicke und halte mich fest am Kamillentee.
»Ich wusste es, mein Schätzchen.« Mom umarmt mich und heißer Tee schwappt auf meine Hände.
»Aua!«
Der Kamillentee hat kaum gebrannt, so heiß war er nun auch wieder nicht, aber das »Aua« hat sich gelohnt.
Mom nimmt sofort meine Hand, pustet und streichelt und singt sogar ein »Heile Heile Segen« wie für ein Baby.
Ich umklammere ihre Hand. »Mom, kann ich nicht mitkommen?«
Mom schüttelt den Kopf. Ihre roten Locken fliegen. Die müssen nachgefärbt werden, Karl hat recht. Was man so alles bemerkt, wenn einem grad die Welt wackelig wird.
»Aber ich bin doch immer mitgekommen mit dir«, flüstere ich.
»Schätzchen, ich weiß.« Mom befreit ihre Hand aus meiner Umklammerei. Sie streichelt sanft meine Backen. Die sind sicher knallrot.
»Dora, du bist jetzt hier zu Hause, Hotels sind Vergangenheit für dich. Ich habe uns Karlchen organisiert, mein volles Ver-

trauen hat der gute Kerl und gut bezahlt wird er auch. Also! Außerdem, kleines Schätzchen, dir geht es doch gut mit ihm, das weiß ich. Da stimmst du mir doch zu?«

Was soll ich tun? Ich nicke. Ich kriege sowieso kein Wort mehr raus.

Mom und ich, wir waren noch nie getrennt!

Mom springt auf, ihre halbleere Kamillenteetasse scheppert zu Boden. Sie sieht es nicht, sie hört es nicht.

Meine Mom glüht und fliegt … Sie tanzt durch die dumme kleine Küche.

»Jetzt lass mich fliegen, Dorabella, ich möchte so gerne einmal unbeschwert fliegen. Wegfliegen, und singen … singen …«

Ich hocke am Küchentisch, dick und schwer wie ein Sack. Meine Mom ist ein Schmetterling und ich bleibe ein Klotz am Bein.

Kapitel 14

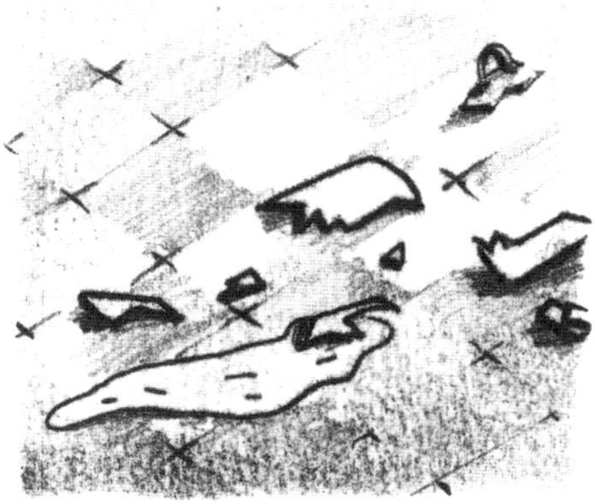

Den dicken Sack Dorabella hat Karl am Abend angetroffen, im Schwan.
Ich hab sehr wohl gehört, wie Karl gekommen ist. Laut pfeifend die Melodie vom »Sandmännchen«, die Wohnungstür fest zugeknallt. Trompetenruf: »Dodo, Freundin meines Herzens, ich komme gleich, erst muss ich mal.«
Die Badezimmertür scheppert, die Wasserspülung rauscht. Ich bin sitzen geblieben im Schwan. Neuer Trompetenruf:
»Dodo? Du hast mich doch nicht etwa verlassen, so ganz klammheimlich?«
Wenn ich nicht aufpasse, muss ich kichern. Ich passe auf und bleibe im Schwan.
Karl rumort in der Küche herum. Da knirscht Porzellan. Karl ist in die Scherben von der Kamillenteetasse getreten. Ich bleibe trotzdem sitzen.
Karl flucht, ich höre es genau.

»Was denn … Scherben … Meine Lieblingstasse, verflixt noch mal! Und alles nass hier, gelblich nass! Pfui, ist das Pipi?«
Ich kuschele mich im Schwan zusammen. Ich geh nicht raus.
»Ist das Pipi?«, trompetet Karl und ich weiß genau, er will, dass ich es höre und dann lache. Er hat doch längst kapiert, dass es Kamillentee ist.
Karl steht vorm Schwan in meinem Zimmer.
»Hier ist heute offenbar was schiefgelaufen, junge Frau«, sagt er und fährt sich durch die Haare. Die stehen ab wie Igelstacheln. Ich nicke. Halte mich fest am Schwanenhals.
Hier in unserem grauen Viertel habe ich Autos gesehen, da lagen auf der Ablage hinten potthässliche Plastikhunde, die haben beim Fahren immerzu genickt. So ein Nickhund bin ich jetzt geworden.
»Ach!«, sagt Karl und hockt sich neben den Schwan und zupft an seinen Federn herum. Er seufzt, aber er geht nicht weg.
»Machen wir ein Quiz, liebe Freundin? Ich stelle die Fragen, du antwortest. Gut so?«
Ich nicke.
»Gloria war hier, richtig?«
Ich nicke.
»Jetzt weißt du Bescheid, sie reist ab zu ihrem Liederabend, richtig?«
Ich nicke.
»Der ist wichtig für ihre Karriere und hier ist sie zur Zeit in der Oper abkömmlich, richtig?«
Ich nicke.
»Gloria nimmt dich nicht mit, richtig?«
Ich nicke.
»Und das erträgst du nicht, richtig?«
Ich nicke.

»Hab ich mir fast gedacht«, sagt Karl und zupft am Schwan herum. Wenn er so weiterzupft, dann rupft er dem noch die Federn aus.
»Also los, Dodo, du bist jetzt dran.«
Was?
»Mit dem Quiz natürlich!« Karl verdreht die Augen. Auch wenn ich nicht will, ich muss grinsen. Ich überlege und hole tief Luft. Der Schwan wackelt.
»Ich bin traurig, weil ich noch nie von Mom getrennt war, stimmt's?«
Karl nickt.
»Ich darf aber nicht traurig sein, weil es mir jetzt doch gut geht!«, sage ich. »Mit dir hier, stimmt's?«
Karl nickt und grinst und hat doch tatsächlich dem Schwan zwei Federn ausgerissen.
»Du bist aber nicht meine Mom!«, sage ich und rutsche tiefer in den Schwan und murmele in den Schwan-Bauch hinein: »Du bist doch bloß, du bist doch bloß ...«
Da ist der Schwan mit mir drin umgefallen. Auf Karl drauf. Und was macht der blöde Kerl? Er lacht sich halbtot!
Ich stecke fest im Schwanenbauch mit meinem Kummer auf dem Boden und der Kerl lacht! Zappelt mit seinen langen Beinen und zieht mich endlich raus und kreischt: »Dodo, wenn gar nichts mehr geht, dann gehst du zum Zirkus. Ich komme mit. Wir werden Clowns, wir zwei, mit dieser Schwanen-Nummer sind wir beide unschlagbar.«
Ja, was hätte ich da jetzt sagen sollen? Nichts! Es gluckst in meinem Bauch. Karl weint. Lachtränen! Das Glucksen in meinem Bauch steigt hoch und wird zu einem Lachenweinen, Weinenlachen. Das tut gut. Besonders das Weinen. Und endlich befreit uns Karl vom Schwan, rappelt sich hoch und zieht mich raus.

Das war ganz leicht. Aus dem steinschweren Kummersack ist wieder Dodo geworden, die selber krabbeln kann.
Noch eine ganze Weile haben wir auf dem Boden gehockt und Federn aufgesammelt. Dem armen Schwan hat der Sturz gar nicht gutgetan. Uns aber schon.
»Hunger!« Karl steht auf und streckt sich. »Was hältst du davon, machen wir uns ein Clownsmenü? Salat dunkelgrün, Salat hellgrün, Salat mittelgrün. Salat, Salat, Salat!« Karl zieht mich auf die Beine. Und ganz kurz, aber wirklich bloß leider ganz kurz, drückt er mich und hält mich fest. Schutzengelhände auf meinen Schultern …

Ich habe jetzt aber keine Lust auf Salat, wirklich nicht. Mir ist, als müssten wir jetzt was feiern. Was genau, das weiß ich nicht. Oder vielleicht müssen wir uns jetzt ein bisschen belohnen? Warum genau, das weiß ich auch nicht. Ist egal. Wir gehen ins »Bella Italia« zu Bruno und stopfen uns da die Bäuche voll. Gut so, Karl?
»Bruno?« Karl runzelt die Stirn. »Bruno? Muss ich jetzt eifersüchtig sein, junge Frau?« Ja klar! Muss er, soll er, darf er! Einen eifersüchtigen Karl hatte ich noch nicht.
»Ich zahle!«, habe ich gesagt und mich in meinen Schal gemummelt.
»Mom hat mir Geld dagelassen.«
»Ich zahle!«, hat Karl gesagt, über seinen Schal hinweg.
»Gloria hat mir auch Geld dagelassen.« Und in seinen Schal gemurmelt: »Leider …«
»Weiß ich doch!«, hab ich gesagt. »Weil du es brauchst!«
Und den ganzen Weg lang zum »Bella Italia« tiefgraue Wolken, dunkle, glitschige Nieselregenstraßen, menschenleer, haben wir uns gestritten, wer bezahlen darf.

Im »Bella Italia« ist es genauso, wie ich es mir gewünscht habe. Es ist warm und bunt und laut, fast alle Tische sind besetzt mit schwatzenden Gästen, die das köstliche Essen genießen und den Wein. Der Chef ist nicht zu sehen. Dafür aber Bruno, blitzweiß wie immer sein Hemd und die Glatze glänzt wie frisch poliert. Als er mich sieht, lacht er übers ganze Gesicht und wie die dunklen Augen blitzen!
»Dodo, allerliebes Freundin, herzlich willkommen!«
Er hilft mir aus dem Mantel und wickelt sorgfältig den Schal von meinem Hals. Ich passe genau auf, ob Karl das auch sieht. Er sieht es und brummelt vor sich hin: »Allerliebes Freundin … Ich hatte recht, ich muss eifersüchtig sein!«
Ich kichere. Wie leicht das kommt, das Kichern, hier im lauten, fröhlichen Restaurant. Und zwei sind da, die mich wirklich mögen. Bruno streckt Karl die Hand hin: »Nicht Nase lassen hängen. Junges Frau hat weites Herz, Platz für viele. Ich heiße Bruno!«
»Da bin ich aber froh«, sagt Karl und grinst und drückt Brunos Hand.
»Ich heiße Karl.«
Die beiden jungen Männer schauen sich an. Ziemlich lange.
»He!«, sage ich und warte drauf, dass Bruno mir den Stuhl hinschiebt.
»Ich hab Hunger!«
Den Stuhl hat mir Karl hingeschoben. Bruno hat die Speisekarte gebracht und ist gleich wieder verschwunden. Zu viel zu tun, die anderen Gäste warten.
»Die Speisekarte essen wir jetzt rauf und runter«, hat Karl gesagt. Aber er hat gar nicht richtig reingeschaut, sondern seine Augen haben irgendwas im Restaurant gesucht und … seine Ohren haben angefangen zu glühen.

Natürlich haben wir nicht die Speisekarte rauf und runter gegessen. Karl hat für uns ziemlich bescheiden bestellt, bloß Salat und Fisch.
»Wir können ruhig Spaghetti haben oder Pizza«, hab ich ihm zugeflüstert. »Ich lade dich ja ein.«
»Umgekehrt!«, hat Karl gesagt und ziemlich schweigsam in seinem Salat herumgestochert.
Ich hab mich gewundert. Grad war er noch der laute, freche Karl und jetzt hängt er da über seinem Salat, als wäre ihm jeder Bissen zu viel.
Bruno hat leider keine Zeit, sich zu uns an den Tisch zu setzen. Zu viel zu tun. Schade.
»Soll ich dir von Bruno erzählen?«, frage ich und zupfe an Karls Ärmel. Karl sieht aus wie eingeschlafen … aber beim Wort »Bruno« wacht er wieder auf. Und nickt.
»Also …«, sage ich und schon weiß ich nicht weiter. Stopfe mir schnell einen Bissen Fisch in den Mund. Also, die Geschichte mit dem geretteten Huhn mag ich nicht erzählen, die gehört bloß Bruno und mir und vom Kirchenlied-Gesang und vom Tanz am Strand mit den Wellen mag ich auch nicht erzählen. Das sind doch so Bruno-Geheimnisse … Aber schon weiß ich was. Ich erzähle die Geschichte, wie Bruno zu seiner Glatze kam.
Ich schiebe Salat und Fisch beiseite, Essen stört jetzt, und lege los und es ist ganz einfach.
»Der arme Bruno wollte so gerne nach Deutschland. Weil er kein Geld hatte, hat er sich im Zug auf dem Klo versteckt. Der Schaffner hat ihn gefunden und wollte die Polizei rufen. Aber da kam ganz zufällig eine junge, wunderhübsche Frau mit langen blonden Haaren den Gang entlang. Der arme Bruno hat ihr leid getan und sie hat schnell beim Schaffner eine Fahrkarte für

ihn gekauft. Und Bruno, da hatte er noch seine dunklen Locken, hat sich gleich in die schöne junge Frau verliebt …«
Da stockt meine Geschichte. Karl hat nämlich angefangen, laut zu kichern. Er kann gar nicht mehr aufhören, Leute schauen schon rüber. So gekichert hat er noch nie! Ich weiß nicht, ob ich dieses Karl-Kichern mag. Sein Trompetenlachen ist mir lieber … also schnell weitererzählen.
»Die schöne junge Frau ist irgendwann ausgestiegen. Bruno hat es aber leider nicht gemerkt. Und als er in Deutschland angekommen ist, hat er überall nach der schönen, jungen, blonden Frau gesucht und sie nirgends gefunden, bis heute nicht. Und vor lauter Kummer hat er sich die dunklen Locken abrasiert.«
Die Geschichte ist zu Ende und ich verstecke schnell mein Gesicht hinter der Serviette. Und endlich höre ich das, was ich am liebsten höre, nämlich Karls Trompetenlachen.
Karl zieht mir die Serviette vom Gesicht und lacht.
»Meine süße Dodo, deine Geschichte hat mich amüsiert, jedoch, mir fehlt der Glaube.«
»Mir auch!«, habe ich gesagt und breit gegrinst. So ein breites Lächeln im Gesicht hat viel Platz, um etwas zu verstecken. Nämlich eine Schwindelei …
»Se non è vero, è ben trovato!«, sagt Bruno und steht plötzlich wie aus dem Erdboden gewachsen neben unserem Tisch. Die Übersetzung liefert er gleich dazu:
»Wenn auch wahr nicht ist, ist erzählt doch gut.«
Karl lächelt und nickt und ich staune. Ja, hat Bruno denn etwa mitgehört? Hat er etwa meterlange Ohren?
Meine Backen haben sicher die gleiche Farbe jetzt wie die Ohren von Karl. Knallrot. Ist Bruno jetzt beleidigt? Die Geschichte war vielleicht ein bisschen frech … Bruno lächelt mit seinen

blitzweißen Zähnen, wischt den Tisch ab und so ganz nebenbei liegt seine Hand auf Karls Schulter.
»Ich mir merken Geschichte von Dodo, wenn mich fragen Leute nach blankes Kopf.«
»Glatze«, sage ich und atme auf. Bruno ist nicht beleidigt. Beleidigte Leute lächeln nicht.
»Blankes Kopf!«, sagt Karl und grinst sein Breitmaulfrosch-Grinsen. Aber hin zu Bruno, nicht zu mir.
»Blankes Kopf gefällt mir gut.«
Ich hab zwischen den beiden hin und her geschaut. Da war was, als würden sie sich schon lange kennen … Wo sie sich doch erst grad hier im »Bella Italia« kennen gelernt haben. Und ein kleines bisschen war es so, als würde mir Bruno gar nicht mehr alleine gehören. Blöder Gedanke. Bruno hat uns allen Vanille-Pudding gebracht und wir haben zu dritt gelöffelt. Bruno und Karl haben geschwatzt und gelacht und ich auch und es war kein bisschen blöde.

Aber trotzdem wurde der Abend dann anders als sonst. Wir stricken und hören Musik, wie sonst, natürlich »Hänsel und Gretel«. Ja, wir summen hin und wieder mit. Die Räucherstäbchen duften und Kerzen flackern auch. Ja, ich würde jetzt gerne ein bisschen tanzen, zusammen mit Karl. Alleine, wenn er da ist, trau ich mich doch immer noch nicht. Ich würde jetzt gerne auch ein bisschen schwatzen. Hab ich nicht einfach so losgeplappert im »Bella Italia« und die Glatzkopf-Geschichte erzählt, ellenlang? Wenn ich daran denke, wird mir ein bisschen heiß … aber vor Stolz. Glaub ich wenigstens. Aber Karl ist so versunken in seine Strickerei, stumm. Und irgendwie so, als wäre er nicht hier, sondern woanders.

Telefon! Karl zeigt mit seiner Stricknadel wortlos zum Flur. Mir rutschen gleich viele Maschen von der Nadel, so heftig bin ich aufgesprungen.
Mom!
Mom geht es hervorragend. Sie ist gut angekommen. Das Hotel ist entzückend, ein riesiger Blumenstrauß auf dem Zimmer hat sie empfangen. Der Veranstalter des Liederabends ist entzückend und gleich wird sie essen gehen in ein entzückendes Restaurant mit dem Pianisten, ein entzückender Mensch und … stell dir vor, Pralinen hat er mir mitgebracht, aber vom Feinsten, ist das nicht entzückend?
»Aber du isst doch gar keine Pralinen, nie!«, sage ich. Mom hört es nicht.
Sie lacht ihr silbriges Gloria-Lachen.
Küsschen kriegt Schätzchen rübergeschickt und liebes Karlchen auch. Dann hat sie aufgelegt. Und kein Wort davon, dass sie ihr Schätzchen vielleicht vermisst, wo doch Schätzchen immer die geschenkten Pralinen versteckt hat, damit Mom nicht in Versuchung gerät. Mom geht es gut ohne mich, sehr gut sogar. Ich hab den Hörer aufgelegt und plötzlich war es so, als wäre das unfreundliche Winterwetter von draußen samt Regen und Wind hier eingedrungen und hätte alles weggefegt, was vorher so warm und fröhlich war.
Ich schleiche zurück ins Wohnzimmer und greife stumm nach meinem Strickzeug. Karl hat die verlorenen Maschen wieder in Ordnung gebracht, wenigstens das.
»Mom?«, fragt Karl.
Ich schüttele den Kopf: »Nein, Gloria!«
»Ach!«, sagt Karl. »Und geht es der Diva gut?«
»Sehr!«, möchte ich sagen, es kommt aber bloß ein Geschniefe raus.

Karl lässt sein Strickzeug sinken, dabei rutschen auch ihm Maschen von der Nadel. Er achtet nicht drauf. Er schaut mir zu beim Schniefen und er bietet mir kein Taschentuch an.
»Und wo ist da jetzt das Problem, liebe Dodo?«
Karls Stimme, die ist ganz anders als sonst. Tief, ruhig und fremd.
»Jetzt gönne doch Gloria mal ihre neue Wichtigkeit. Sie ist so froh, mal frei zu sein. Wer wegfliegen will, den soll man fliegen lassen. Freu dich doch einfach mal für sie.«
»Aber sie ist ohne mich«, flüstere ich.
Karl hört es nicht. Oder er will es nicht hören.
Er springt auf, das Strickzeug liegt auf dem Boden.
»Jetzt entschließe dich doch mal, entschuldige, wenn ich das sage, nicht immer das ungeliebte Kind zu sein, was dauernd Mama, Mama schreit.«
Karl rennt auf und ab, reißt das Fenster auf und schließt es gleich wieder.
Ich sitze kerzengrade auf meinem Sitzkissen und halte mich fest an meinem Topfläppchen. Der kalte Wind ist wirklich reingefegt, geradewegs in meinen Bauch.
Karl stopft sein Strickzeug mit den gefallenen Maschen in den Korb. Er steht vor mir und reißt die Augen weit auf.
»Dodo, du bist ein schönes, kluges Mädchen. Es geht aber nicht immer nur um dich. Es geht auch um Gloria, es geht um mich, es geht um die Leute im Waschsalon und um die im Bio-Markt, um deinen Würstchen-Josef …« Jetzt lächelt Karl und wackelt mit dem Zeigefinger.
»Mein magischer Kreis hat funktioniert?«
Ich sitze starr, ich antworte nicht. Ich kann nicht. Noch nicht einmal nicken.
Karl fährt sich in die Haare, die stehen ab nach allen Seiten.

»Liebste Dodo, du bist zu dick, ich bin zu dünn, na und? Die Welt dreht sich trotzdem und den Sternen im Universum ist das piepegal, sage ich dir. Piepegal! Wimmerst du um deine Mom, träume ich von …«
Karl verstummt. Und jetzt glühen seine Segelohren doch.
Ich höre zu und es ist, als würde ich mit einem Riesendaumen platt gedrückt. An diesen Sätzen hab ich zu knabbern gehabt, den ganzen Abend lang. Karl aber auch.
Immer wieder springt er auf, rennt in die Küche, klappert mit dem Geschirr. Höchst überflüssig, wir haben ja schon gegessen. Dann rennt er wieder zurück und wühlt im Wollkorb herum, auch höchst überflüssig. Mich schaut er nicht an. Und plötzlich hat er was ganz Wichtiges in seinem Zimmer zu tun. Es rumpelt, das hört sich an, als würde er Möbel verrücken. Höchst überflüssig, es sind ja kaum welche drin. Dann rauscht die Wasserspülung im Badezimmer.
Dann ist Karl wieder da und ich hocke noch immer auf meinem Samtkissen und weiß nicht ob ich böse sein soll oder beleidigt oder traurig. Oder soll ich Riesensätze machen, über meinen Schatten springen … aber wohin denn?

Zähneputzzeit, Schlafensgehzeit.
Und da klebt an meiner Zimmertür ein gelber Zettel:
»Schlafe gut, meine liebste, beste Freundin!«
Mit dem Zettel in der Hand und Teddy-Teddy im Arm hab ich lange wach gelegen. Gedanken flitzen bunt herum wie bunte Fische im Aquarium, die sich nicht fangen lassen.
Wäre dann nicht, leise, leise und spät, spät, fast Mitternacht, Karl gekommen und hätte sich nicht neben mein Bett gesetzt und leise das Abendgebet von »Hänsel und Gretel« gepfiffen, dann wäre ich wohl nie eingeschlafen.

Irgendwann hat das Telefon geklingelt. Karl ist rangegangen. War das Mom? Um Mitternacht?
»Mom, ich freue mich für dich«, hab ich gemurmelt und meine Nase in Teddy-Teddys Bauch gedrückt.

Kapitel 15

Die Freude, die ich mir vorgenommen hatte, gestern im Bett, hat eine ganze Weile vorgehalten. Bis nach dem Frühstück. Das habe ich gemacht, ganz schnell, ehe Karl heranschlurft. Der frühe Morgen ist nicht so »sein Ding«, genau wie bei Mom. Bloß hätte sie es anders gesagt. Und außerdem wollte ich eine große Tasse vor mir stehen haben. Dahinter kann ich mein Gesicht verstecken, falls Karl noch immer der fremde, strenge Karl sein sollte von gestern Abend. War aber nicht so.
Karl hat sich überschwenglich bedankt für das »famose Frühstück«. Das Frühstück war aber gar nicht anders als sonst. Er ist in der Küche herumgetanzt und immer wieder wie ein Clown über seinen Bademantelsaum gestolpert. Dabei hat er laut »Dear Dodo, my love« gesungen. Diesen Song kenne ich nicht und Karl wahrscheinlich auch nicht. Die Melodie hat doch sehr nach Oper geklungen und wahrscheinlich hat Karl ihn grad erfunden, für mich … damit ich wieder lachen kann.

Ich tu ihm den Gefallen und pruste in meine Teetasse hinein. Der Tee spritzt auf den Tisch.
»Schweinekind!«, sagt Karl und seine Stimme ist lieb wie immer. Das ist gut. Und dann hat Karl einen Zettel an die Kühlschranktür geklebt mit der Telefonnummer von Moms Hotel. »Ruf sie an, sie wird sich freuen«, hat er gesagt. Dann war er weg. Die Oper ruft, Karl wird gebraucht.
Mom anrufen? Ich hocke auf meinem zerwühlten Bett und knete Teddy-Teddys abgelutschte Pfoten in meinen Händen. Mom anrufen ist doch streng verboten. Weil Gloria beim Arbeiten nicht gestört werden darf. Bloß in allerschlimmsten Fällen. Wenn Dora zum Beispiel vom Stuhl fällt und sich das Bein bricht, oder so eine lästige Katastrophe. Aber die vernünftige Dora macht doch so was Lästiges nicht. Oder doch?
Ich setze Teddy-Teddy auf meinen Schoß.
»Ich fall vom Stuhl und brech mir das Bein!«, sage ich und lasse Teddy-Teddy brummen. »Dann rufe ich an!«
Teddy-Teddy brummt nicht, sein Brumm-Mechanismus in seinem Bauch ist längst schon kaputt gegangen. Aber selbst wenn er hätte brummen können, zu so einem Blödsinn hätte er bestimmt nicht gebrummt.

Ich habe mich eingemummelt, draußen spielt der Winter noch immer Winter, aber ohne weißen Schnee, dafür mit bissigem Wind. Ich muss raus. Ich will den Zettel mit der Telefonnummer jetzt nicht sehen.
Wohin jetzt rennen? Zu Bruno würde ich jetzt gerne, ist aber viel zu früh. Zum Waschsalon würde ich auch gerne, einfach da hocken und Unterhosen zusammen mit Blusen in der Waschmaschine tanzen sehen. Aber da würden sich alle wundern. Ich hab ja keine Wäsche mitgebracht.

Bleibt doch nur Josef, der Würstchenmann.
Die Straße, die ich entlangschleiche, Kopf in der Kapuze versteckt, führt geradewegs zum Würstchenstand. Und grad dahin darf ich nicht. Der magische Kreis von Karl …
Und grad dahin geh ich doch. Meine Füße sind eiseskalt, meine Hände inzwischen auch. Beim Josef ist es warm. Ich renne jetzt. Die dunklen Wolken spielen Fußball und von Weihnachtsschnee keine Spur.
Was hat Karl gesagt? Es geht nicht nur um mich. Ich bin zu dick, ich bleibe dick, wahrscheinlich, und die Welt dreht sich trotzdem. Also! Wen interessiert das schon? Also, das hat doch Karl gemeint, oder nicht?
Am Würstchenstand hat mich kein magischer Kreis abgehalten. Josef, mit rot gefrorener Nase begrüßt mich.
»Josef heiße ich«, sagt er. Das weiß ich doch längst. Hat er das vergessen? Sofort legt er eine Wurst auf den Grill, der glüht wunderbar heiß.
Und gleich darauf halte ich einen Pappteller in der Hand, duftende Wurst mit Pommes.
Alle meine Zähne sagen: »Los, beiß schon rein!« Mein Bauch sagt: »Endlich mal was Gutes!«
Aber in meinem Kopf kreischt eine Stimme: »Dodo, spinnst du jetzt?«
Und sofort trotzt eine andere dagegen: »Wieso denn? Es geht doch gar nicht um mich. Kann ich doch fett werden wie ein Riesenschwein, wen interessiert das schon!«
Der Würstchenmann freut sich über seine hungrige Kundin und dann reißt er die Augen auf unter seiner Wollmütze.
Was ist denn das? Die heult ja! Auf seine köstlichen Pommes drauf. Und jetzt schmeißt sie auch noch die ungegessene Wurst samt Senf in den Abfalleimer. War da was nicht in Ordnung?

Ich hocke auf dem Bordstein und heule und vor mir hockt der Josef und weiß nicht, was er tun soll.
So lange auf dem Bordstein hocken macht einen kalten Hintern, und ihm, dem Würstchenmann, frieren gleich die Hände ab. Was bleibt ihm da anderes übrig? Er nimmt mich mit in seine Würstchenbude. Hinter dem Grill ist es wenigstens warm. Und weil ich immer noch schniefe, putzt er mir tatsächlich die Nase mit einer kratzigen Papierserviette. Und weil ich immer noch nicht reden will, redet eben er.
Erzählt von seinen Kunden, im Sommer sind's mehr, im Winter weniger. Und dass er die besten Würstchen der Stadt verkauft, da ist er stolz drauf. Dann fällt ihm nichts mehr ein. Und darum fängt er wieder von vorne an zu erzählen. Ich sage immer noch nichts. Josef ringt die Hände und kratzt sich das graue, struppige Haar unter der Mütze. Ich merke schon, das wird ihm langsam unheimlich, das dicke, verheulte, schweigende Kind da in seiner Würstchenbude.
Und jetzt traut er sich endlich zu fragen was er schon längst hätte fragen wollen. Es wird bei dem Kind doch daheim nichts Schlimmes passiert sein? Man weiß ja nie, man liest aber so viel davon in der Zeitung. Jetzt erinnert er sich auch wieder, was er zu tun hat. Nämlich genau das Kind anschauen, was heulend bei ihm gelandet ist. Schauen, ob es grün und blau geprügelt ist und dann sofort Polizei, Anzeige, Jugendamt und was nicht alles Wichtiges. Josef rückt seine Wollmütze gerade. Heute war ein flauer Tag, mieses Wetter, keine Kunden, aber jetzt tut sich doch mal was Spannendes.
»Soll ich die Polizei anrufen, Kind? Das mache ich wirklich gerne!«
»Nein, Danke!«, sage ich und schlucke die letzten Tränen weg.
»Jetzt ist mir wieder warm. Danke.«

Josef sieht enttäuscht aus. Ach so? Dem Dickerchen war einfach bloß kalt?
Ich strecke ihm die Hand hin, Josef schüttelt sie verblüfft.
»Ich heiße Dodo!«, sage ich. »Und nochmals vielen Dank.«
»Ich heiße Josef!«, sagt Josef und hat schon wieder vergessen, dass er mir das längst erzählt hat.
»Darf ich wiederkommen?«, frage ich und bin schon draußen.
»Jederzeit, jederzeit!«, ruft Josef und zeigt auf seine Würstchen.
»Die will ich nicht essen, ich bin zu dick«, sage ich und das war ganz einfach. Alle Tränen weggeweint, kein Geschniefe mehr. In der Würstchenbude hinterm Grill hab ich was begriffen. Ich bin die Dodo, ich bin zu dick, und wenn ich das nicht will, dann muss ich es eben ändern. Und alles andere auch ... Ich hab tief schnaufen müssen. Der Winterwind hat sofort in meine Nase gebissen. Na und? Es ist eben Winter und ein ekliger dazu, dann stopft man eben die Nase in den Schal, dazu ist er da.
Und jetzt renne ich heim. Da wartet nämlich eine Telefonnummer auf mich. Josef hat mir hinterhergerufen: »Kommst du auch gut nach Hause, Doris?« Ich hab in meinen Schal hineingelächelt und zurückgewunken.
Und wenn ich ihn wieder besuchen komme, wird er garantiert wieder vergessen haben, wie ich heiße ... na und?

Ich schleiche ums Telefon herum. Renne immer wieder zur Kühlschranktür, lese den Zettel. Die Nummer kann ich längst auswendig. Anrufen kann ich trotzdem noch nicht.
Tausend Bilder schießen durch meinen Kopf. Gloria bei der Probe mit dem Pianisten, Gloria beim Friseur, Gloria beim Stadtbummel, in schönen Geschäften nach schönen Kleidern schauen, Gloria im Hotel, Gloria in der Badewanne, wo sie planscht und trällert, Gloria beim Tee in der Hotelbar, Gloria

wie sie lächelt und plaudert und Luftküsse verteilt. Und da soll ich Gloria stören mit einem Anruf? Bloß, weil ich Sehnsucht habe nach meiner Mom? Reicht das für einen Anruf? Sie wird sich schrecklich wundern …

Das Bad ist verdreckt und nass. Karl hat seine Handtücher auf den Boden geschmissen. Und Zahnpasta im Waschbecken verschmiert. Das muss ich erst putzen, ganz klar. Wie gut, das dauert eine Weile.

Das Frühstücksgeschirr ist auch noch nicht gespült, und die Küche muss auch mal wieder gefegt werden. Und wenn ich schon dabei bin, könnte ich doch auch gleich den Kühlschrank auswischen. Nein, das mache ich nicht. Die Telefonnummer, die glotzt mich da so an. Da fällt mir ein, mein Bett ist ja noch nicht gemacht. Schnell raus aus der Küche.

Es nutzt nichts, die Telefonnummer ist trotzdem in meinem Kopf. Ich seufze. Dodo, machen wir es so: Wenn du die Kissen aufschüttelst und Teddy-Teddy fällt raus, dann rufst du an. Wenn er drinbleibt, rufst du nicht an. Und nicht schummeln, Dodo! Ich hab beim Bettaufschütteln die Augen zugekniffen, nicht geschummelt. Teddy-Teddy ist natürlich rausgefallen.

Gloria war sofort am Telefon! Und ist sofort zur Mom geworden!

»Was für eine Überraschung, mein Schätzchen! Geht es dir gut, ist dir was passiert? Nein? Da bin ich froh. Ja, Süße, mir geht es gut, doch, doch. Lieb, dass du fragst. Obschon, wir sind uns nicht immer einig, der Pianist und ich und der Konzertsaal hat eine schauerliche Akustik, Dora. Alle schönen leisen Töne schluckt der weg, schauerlich, sage ich dir, mein Kind. Deine Mom muss brüllen, furchtbar, nicht wahr? Das tut dem Liederabend nicht gut und meiner Stimme auch nicht, nun, mein Herzchen, du kennst das ja.

Drück mir die Daumen, ja? Was hast du gesagt, Liebes? Verzeih, deine Mom hat Kopfweh, das Hotel ist so was von laut, das kannst du dir gar nicht vorstellen.
Du vermisst mich? Liebes Herzenskind, ich dich auch.
Ich rufe dich ganz bald wieder an, versprochen. Und du rufst mich wieder an, versprochen? Gib Karlchen einen Kuss von mir und jetzt drücke ich fest mein gutes Schätzchen. Ich muss noch zum Friseur.«
Der Telefonhörer in meiner Hand war ganz verschwitzt und meine Backen haben gebrannt. Mom vermisst mich!
Wie gut, dass Teddy-Teddy aus meinem Bett gefallen ist. Die anderen Sätze sind noch drin. Und diesen Mom-Satz stopfe ich jetzt dazu.

Ich bin in der Wohnung herumgetanzt, einfach so, ganz ohne Musik, ganz ohne Karl. Es war ganz leicht. Es war einfach so, als wäre ich viel leichter geworden, jedenfalls innen. Außen wahrscheinlich nicht so. Oder vielleicht doch? Ich hab in meinem Schrank nach einer blöden Bluse gekramt. Blümchen sind drauf und sie ist fürchterlich eng. Mom hat sie mir gekauft, weil sie sie so entzückend fand. Und teuer war sie auch, hat aber nicht gepasst …
Mom hat die Stirn gerunzelt damals und was gemurmelt von »sie hoffe auf dünnere Zeiten« und die Bluse seufzend weggepackt. Ich hab genau kapiert, dass sie so gerne eine dünne Tochter in einer hübschen Blümchen-Bluse hätte … ich bin eben eine Enttäuschung. Mein Herz klopft, ich quetsche mich rein in die Bluse, die Augen fest zugekniffen. Ich wäre so gerne nicht mehr eine Enttäuschung für Mom, jetzt, wo ich sie doch anrufen darf. Ich reiß die Augen wieder auf und renne in Karls Zimmer zum goldenen Riesenspiegel. Die Bluse kneift ja gar nicht

mehr am Bauch und bloß ein bisschen an den Armen! Sie ist ja gar nicht mehr zu eng! Wenn ich die Luft anhalte, dann sogar überhaupt nicht mehr. Ich passe ja plötzlich in Moms-Wunsch-Bluse hinein, ich bin tatsächlich dünner geworden. Vor dem Spiegel zu stehen in Karls Zimmer, mich anzuschauen, gelingt auch ohne Karl und seine schützenden Hände auf meinen Schultern. Meine blauen Augen blitzen und die Sommersprossen sind auch nicht mehr schlimm. Die sind halt da und Karl freut sich drüber. Und die Blümchen-Bluse sitzt stramm, aber sie passt. Mom wird sich freuen! Am liebsten hätte ich sie gleich wieder angerufen.

»Mom, stell dir vor …«

Natürlich mache ich es nicht. Mom ist beim Friseur.

Kapitel 16

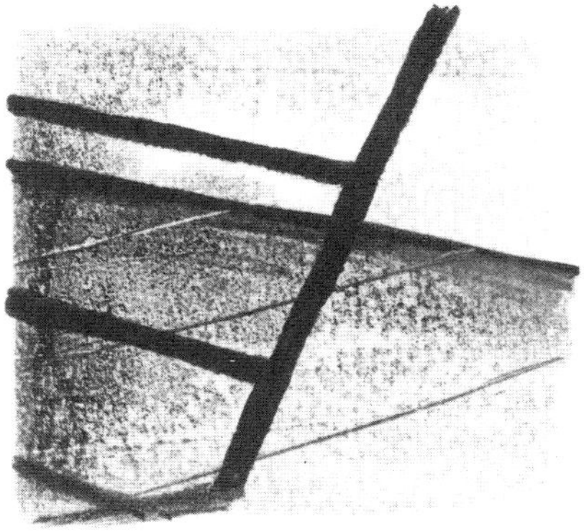

Der Tag ist wirklich gut, aber er wird noch besser. Weil, Karl ruft an. Schön! Da kann ich doch gleich die tollen Neuigkeiten erzählen. Ich komme nicht dazu. Karl hat es furchtbar eilig, im Hintergrund ist Gesang und Lärm, Karl trompetet ins Telefon und er hat auch eine tolle Neuigkeit für mich.
»Dodo, du musst sofort in die Oper kommen, frag nicht lange, komm! Hier geht die Grippe um, furchtbar lästig. Im Kinderchor ist einer der vierzehn Engel, die die Himmelsleiter runtersteigen beim Nachtgebet, du weißt schon, also, einer ist krank geworden. Setz dich in Bewegung, Dodo, sei ein Engel …« Und jetzt muss er trotz Eile doch lachen. »Weil du ein Engel werden sollst. Wir brauchen dich! Bis gleich!«
Die brauchen mich! Jetzt gleich! Karl hat mich gerufen! Und wäre hier im Flur ein Spiegel, dann hätte der jetzt eine Dodo mit glühenden Backen gesehen und mit zwei verschiedenen Handschuhen und falsch geknöpftem Mantel. Erst im Bus

habe ich ein bisschen Bauchweh gekriegt. Kann ich das denn? Ein Kinderchor-Engel sein? Und wenn ich alles falsch mache? Dann muss sich Karl für mich schämen.

Karl hat mich schon beim Pförtner erwartet. Ein zappeliger, nervöser Karl. Er hetzt vor mir die langen Gänge zur Bühne entlang, ich komme kaum nach. Ich bin bereits total verschwitzt.

Karl hat mir überhaupt nichts gesagt, was mir Mut machen könnte. Er hat mich einfach auf die Bühne geschoben, ins Scheinwerferlicht, und ist gleich verschwunden. Weit weg in den Zuschauerraum, ins Halbdunkle. Und da hockt er neben dem Regisseur, auch so ein Zappeliger mit Wuschelkopf, sie flüstern miteinander. Ich kneife die Augen zusammen, das Licht blendet. Kinder in bunten Trainings-Klamotten stehen in Gruppen herum, stecken die Köpfe zusammen und kichern. Bühnenarbeiter schieben im Hintergrund Bäume aus Pappe, nageln sie mit Gehämmer in den Boden und einige prüfen, ob die ellenlange Himmelsleiter auch sicher steht.

Ich steh da, alleine, in meinem dicken, warmen Mantel, mitten auf der Bühne. Alle wissen, was zu tun ist, bloß ich nicht. Der Regisseur Wuschelkopf klatscht in die Hände. Sofort ist Ruhe.

»Alle Engel hoch auf die Leiter, dalli, dalli! Und dann steigt ihr runter, einer nach dem anderen, aber langsam, langsam! Ihr seid Engel, keine Affen, die von Baum zu Baum hetzen. Engel schweben, also, bitte, schwebt mir langsam die Leiter runter. Und glotzt mir bitte nicht hoch in den Bühnenhimmel. Runterschauen, runter! Zu Hänsel und Gretel, die liegen da und schlafen und haben euch Engel herbeigebetet! Ihr seid der Traum von Hänsel und Gretel und ich bitte euch inniglich,

schaut heilig, seid kein Alptraum, ihr beschützt die beiden, geht das in euren Kopf?«
Die Engelskinder haben aufmerksam zugehört, keiner redet mehr. Sie steigen die Leiter hoch, einer nach dem anderen. Jeder steht auf seiner Leitersprosse und sie schauen heilig nach unten, wie verlangt. Eine Leitersprosse ist leer. Und da geht das Gekicher wieder los. Denn da unten, wo Hänsel und Gretel schlafen werden, da stehe ich im dicken Wintermantel und wäre am liebsten weg. Karl, hilf mir doch!
Karl hilft nicht, Karl tuschelt mit dem Regisseur Wuschelkopf. Der klatscht in die Hände.
»Prächtig! Nun mal zu, rauf auf die Leiter, Kind. Oder brauchst du eine Extra-Einladung? Kannst du haben, rauf mit dir! Und zieh doch bitte den grässlichen Mantel aus, ich will dich sehen, im Original!«
Ich steh noch immer da wie festgenagelt.
Da sind plötzlich Hände auf meiner Schulter. Nein, nicht die von Karl. Sondern federleichte. Die ziehen mir sanft den Mantel runter. Die liebevolle Großmama vom Kinderchor, Großmama Federlieb.
Die mit den federleichten weißen Haaren und dem lieben Lächeln. Sie hält meinen Mantel in den Armen wie ich manchmal den Teddy-Teddy und sie gibt mir einen sanften Schubs.
Der Wuschelkopf-Regisseur jubelt. »Prächtig! Ein dicker Engel! Prächtig! Diese dünnen Grashüpfer gehen mir sowieso schon auf den Geist. Endlich habe ich mal einen fetten Engel. Los, Dickerchen, rauf auf die Leiter!«
Die Kinder prusten und kichern. Jetzt brennen nicht nur meine Backen, jetzt brennt mein ganzes Gesicht! Karl, hilf mir!
Karl sitzt zusammengekrochen im Halbdunkel und flüstert dem Regisseur Wuschelkopf ins Ohr. Der hört nicht zu.

»Das Kind hat auch einen Namen!«
Mit meinem Mantel im Arm steht die Großmama auf einmal am Bühnenrand und ist plötzlich überhaupt nicht mehr lieb.
»Das Kind heißt Dorabella und wir freuen uns alle, dass sie da ist. Es ist sehr nett von ihr, dass sie bereit ist, so kurzfristig einzuspringen. Da bitte ich doch bitte um mehr Höflichkeit!«
Der Regisseur schweigt, wirft die Arme hoch. Karls Ohren glühen rot, ich kann es sogar im Halbdunkel sehen. Die Engelskinder schweigen auch, sogar die Bühnenarbeiter haben ihr Gehämmer eingestellt.
Ich stehe da, in meiner dünnen Blümchenbluse, und plötzlich ist es so, als wären mir Flügel gewachsen, zumindest kleine …
Die Großmama Betreuerin weiß, wie ich heiße, weil ich ja die Tochter von Gloria bin, klar.
Ja, ich bin die Tochter von Gloria und ich weiß, was zu tun ist. Ich will Großmama Federlieb nicht enttäuschen und Karl auch nicht und Mom schon mal gar nicht. Und jetzt steige ich die Himmelstreppe hoch!!!
Freihändig!
Ich steige hoch und schau mich noch schnell zu Großmama Federlieb um. Und das war falsch.
Ich rutsche aus, ich schwanke … und falle rückwärts die Leiter wieder runter. Ich lande auf dem Hintern auf dem Bühnenboden. Und wäre da ein Loch gewesen, dann wäre ich am liebsten in diesem Loch verschwunden.
Und da geht das Getöse los! Die Engelskinder kreischen vor Lachen, die Bühnenarbeiter auch und klatschen und über dem Getöse hinweg brüllt Regisseur Wuschelkopf: »Wunderbar! Ganz wunderbar! Liebste Susi, ich küsse dich! Genau so will ich es haben! Ein Engel, der auf den Hintern fällt, ganz wunderbar!

Auch Engel sind menschlich, hervorragend! Merke dir das, liebste Susi, du steigst heilig hoch, du platschst unheilig zu Boden, merke dir das, ich bitte dich! Das Publikum wird dich lieben und ich liebe dich auch, Susi!« Er klatscht in die Hände. »Alles noch mal von vorne! Susi, heb den Hintern hoch.«
Die Kinder kichern sich halbtot, die Bühnenarbeiter kichern mit und ich hocke als Sack auf dem Bühnenboden. Über das wüste Gekicher hinweg ruft Großmama Federlieb mit ihrer zarten Stimme: »Das Kind heißt Dorabella und jetzt bitte ich wirklich um Ruhe.« So zart auch ihre Stimme ist, tatsächlich, es wird ruhig.
Und endlich, endlich, höre ich auch Karl.
»Dodo, lass mich bitte nicht im Stich! Du bist ein Profi!«
Da bin ich auf die Leiter gestiegen, bin abgerutscht und hingepurzelt, viele Male. Es hat überhaupt nicht weh getan. Es war sogar richtig toll!
Der wuschelköpfige Regisseur war sehr zufrieden und hat mich sehr gelobt. Er hat mich sogar zweimal »Bella« genannt. Das »Dora« davor hatte er vergessen, aber immerhin.

Dann war die Probe vorbei und ich habe gehofft, jetzt fährt Karl mit mir zusammen heim.
War aber nicht. Karl war furchtbar nervös und seine Ohren haben geleuchtet. Er hat noch zu tun und kann mir heute leider überhaupt nicht versprechen, wann er nach Hause kommen wird. Ich soll seine brave Dodo sein und auf jeden Fall zum Frühstück sehen wir uns wieder. Dann hat er mich fest umarmt und zum Bus geschickt. Er hat überhaupt nicht gemerkt, dass ich ja noch gar nicht meinen Mantel anhabe. Den hat mir Großmama Federlieb gereicht und mir liebevoll die Kapuze über den Kopf gezogen. »Kindchen, du hast es wirklich nicht leicht.« Und

dabei hat sie mit ihren weichen Händen ganz zart meine Backen gestreichelt.
»Kommst du mir jetzt auch gut nach Hause?«
Na klar komme ich gut nach Hause, ich kenne ja den Weg.

Zu Hause ist es richtig ein bisschen einsam, nach diesem wirbeligen Tag. Ich renne durch alle Zimmer, zupfe da an einer Decke und schubse da ein Kissen zurecht. Mache Musik an und mach sie gleich wieder aus. Wie schön wärs jetzt, wenn Karl da wäre.
Wir würden auf den Samtkissen hocken und stricken würden wir heute nicht, meine Finger sind zu zappelig. Und wir würden die ganze Engelsprobe noch mal beschwatzen, von vorne bis hinten. Ganz bestimmt würde er mich loben, weil ich so tapfer gefallen bin, immer wieder. Und bestimmt würde er selber »dicker-Engel-macht-Plumps« spielen und rumhüpfen. Ich seh ihn richtig vor mir, wie er sich dann auf seinen knochigen Hintern fallen lässt und so lachen muss, dass er ganz bestimmt Schluckauf kriegt.
Ich muss lachen, aber so alleine lachen …
Ich geh zum Schwan in meinem Zimmer. Dem könnte ich ja alles von der Engels-Probe erzählen, der versteht was von der Oper. Aber einem schweigenden, mottigen Schwan etwas zu erzählen, das ist doof.
Ich brauch' jetzt jemanden hier, der mir zuhört und mir antwortet und der mit mir lacht und tanzt und sich freut.
Mom! Ja klar, ich rufe Mom an, jetzt gleich!
Ich hab doch so viel zu erzählen!
»Stell dir vor, Mom, ich bin ein Engel geworden! Stell dir vor, ich darf zusammen mit dir auf der Bühne sein! Stell dir vor,

Mom, die teure Blümchen-Bluse passt mir jetzt, ich bin wirklich dünner geworden, Mom! Freust du dich?«
Oh ja, ich weiß genau, was ich sagen werde. Und dann stehe ich im Flur vor dem Telefon und meine Backen brennen und ich trau mich nicht.
Ich hab schon die Nummer gewählt und gleich wieder aufgelegt. Bin ich bloß blöd oder was? Mom hat doch deutlich gesagt, sie freut sich, wenn ich anrufe! Aber Mom muss doch jetzt wieder Gloria sein, die ungestört singen möchte, das weiß ich doch. Ich darf sie nicht stören.
Ich schaue auf die Uhr. Ja genau, jetzt ist Abend, da ist ganz bestimmt Gloria-Zeit. Sie hat Probe oder muss die Lieder lernen, die sie singen wird. Oder sie ist in einem teuren Restaurant und plaudert mit dem Pianisten. Oder mit sonst welchen wichtigen Leuten.
Da hab ich das Telefon in Ruhe gelassen und Mom auch.
Und ich hab mich einfach alleine gefreut.
Ich hab einfach ein bisschen alleine getanzt.
Ich hab einfach alleine ein bisschen Musik gehört.
Ich hab den mottigen Schwan ein bisschen gekrault und auch Teddy-Teddy. Ich hab die Küche aufgeräumt und nur Obst zum Abendessen gegessen. Aber ordentlich am Tisch mit Teller und Serviette.
Und ich hab immerzu nach draußen gehorcht. Höre ich Schlüssel in der Tür? Kommt Karl? Nein, er ist nicht gekommen.
Oder ich hab es nicht gehört …

Kapitel 17

Am nächsten Morgen war er da, zum Frühstück.
Aber irgendwie hat er ein bisschen zerrupft ausgesehen. Nicht bloß äußerlich. Sein Hemd war falsch geknöpft, zwei verschiedene Socken hatte er an und sein Haar stand noch wilder ab als sonst. Auch innerlich war er wie nicht ganz richtig zusammengesetzt. Er wollte immerzu den Frühstückstisch decken, der war doch längst gedeckt, von mir. Er hat mir Kaffee eingegossen, am Knäckebrot ohne was drauf herumgeknabbert und dazu gelächelt. Nicht gegrinst wie sonst, nein, gelächelt. Sein Mund ging gar nicht richtig auseinander.
»Karl, warst du gestern Abend noch lange in der Oper? Ich hab gar nicht gehört, wie du heimgekommen bist, ich hab so schön geschlafen!«, sage ich und tausche meine Kaffeetasse gegen eine Teetasse aus. Karl merkt es nicht.
Er schlürft gedankenverloren meinen, nein, seinen Kaffee und lächelt zur Küchendecke hoch.

»So soll es sein, Dodo«, lächelt er und unvermittelt breitet er die Arme weit aus, Knäckebrotbrösel bröseln auf mich drauf. »Wäre es nicht hübsch, wenn da oben an der Decke jetzt ein Regenbogen wachsen könnte? Malst du mir einen?«
Ja, und wie soll ich das bitte machen? Pinsel in der Hand und fliegen?
Eine Leiter haben wir nämlich nicht.
»Mom würde das aber sicher furchtbar kitschig finden«, sage ich. Da wurde Karl wieder zum vertrauten Karl.
»Ach ja, die Mom, die Mom!«, seufzt er. »Meine geliebte Diva Gloria! Hat sie dich mal wieder geärgert?«
»Überhaupt nicht!«, sage ich und endlich komme ich dazu, das zu tun, was ich schon eine Weile tun wollte. Nämlich sein Hemd richtig zuknöpfen. Karl hält still. Und grad will ich erzählen von dem wirklich schönen Telefonanruf bei ihr. Den am Abend, den ich dann hab sein lassen, den erzähle ich lieber nicht, da gibt's ja auch nichts zu erzählen.
Ich komme aber nicht dazu, denn ein Wasserfall von Worten ergießt sich über mich. Ich höre gespannt zu. Weil ich darin die Hauptperson bin.
Wie stolz er doch war, dass ich so köstlich geplumpst sei als Engel und mitnichten beleidigt. Tatsächlich, er sagt »mitnichten« ... ach wie gut, mein alter Karl ist wieder da und schwebt nicht rum auf einem noch nicht gemalten Regenbogen ...
Wie begeistert der Regisseur gewesen sei und mich als einen echten Bühnen-Profi bezeichnet hätte und dass ich das Erbe meiner Mutter antreten würde. Aber da hätte er ihn korrigiert, den Regisseur-Wirrkopf. Er, Karl, hätte ihm deutlich verklackert ... und jetzt muss ich lachen. Karl hat »verklackert« gesagt, statt »verklickert«. So was passiert doch Karl nicht, so was passiert doch bloß Bruno ... Na gut, jedenfalls hat er dem

Regisseur »verklackert«, dass ich Dodo sei, eine wundervolle eigenständige Person mit möglicherweise kleinen Problemchen, die sie aber meisterlich meistere.
Jawohl, das hätte er gesagt, genau so, und er sei stolz darauf!
»Ich auch!«, sage ich und muss kichern. »Dem hast du's richtig toll verklackert.«
Karl am Frühstückstisch wird rot und seine Segelohren glühen. Eigentlich wollte ich ihm noch sagen, dass er falsche Socken anhat, aber das lass ich lieber. Er hat nun mal heute nicht bloß außen zweifarbige Socken an, sondern auch innen. Außerdem müssen wir jetzt sowieso schnellstens los. Ich hab Probe!!! Hoffentlich den ganzen Tag!! Da werde ich sicher noch viele Male die Himmelsleiter runterkrachen dürfen. Karl muss auch in die Oper. Wir werden gebraucht!

Im Bus hab ich Karl gefragt: »Hast du gemerkt, dass ich dünner geworden bin? Die Blümchen-Bluse passt mir jetzt!«
»Kind Gottes!«, hat Karl geschrien und die Arme theatralisch hochgerissen. Alle Leute im Bus haben sich umgeschaut. »Tu mir das nicht an, wir brauchen einen dicken Engel, bitte bleibe dick!« Manche im Bus haben gelacht und einige haben sogar geklatscht.
Da habe ich gewusst, wir sind auf dem Weg in die Oper … alles immer ein bisschen zu viel.

Die Engelsprobe war leider viel zu kurz. Himmelsleiter rauf, zack, runterpurzeln, wieder rauf, wieder runter. Heilig schauen. Der Wuschelkopf-Regisseur war zufrieden, leider. Viel zu früh. Der Tag ist noch lang. Karl hat wieder im dunklen Zuschauerraum neben ihm gesessen und sie haben herumgewispert.

Großmama Federlieb hat mir die Hand gegeben und mich begrüßt wie jemanden, den sie schon lange kennt. Das war schön. Meinen Mantel hat sie nicht im Arm halten müssen. Den habe ich dahin getragen, wo alle Engelskinder ihre Mäntel abladen. Ich bin einfach mit ihnen mitgegangen, das war ganz leicht. Manche haben auch mit mir gesprochen, aber irgendwie bloß vorsichtig. Ich bin die Tochter von der Sängerin Gloria, das ist schon was Besonderes, das wissen ja alle. Ich bin aber auch bloß der dicke Engel, der von der Leiter fällt. Sie sind Kinderchor-Kinder, sie singen in der Oper, oft. Das ist was Wichtigeres, ganz klar.

Trotzdem, das Gehämmer der Bühnenarbeiter im Hintergrund, das Arbeitslicht auf der Bühne, der Geruch nach Puder und Holz und Leim, der geheimnisvoll dunkle Zuschauerraum, der Orchestergraben dazwischen, wo am Abend die festlich gekleideten Musiker sitzen und ihre Instrumente stimmen und dann der Dirigent im Frack, und alles schweigt sofort, er hebt die Arme … und dann die Musik, und dann hebt sich der Vorhang … ich kenne es so gut und trotzdem rieselt immer wieder ein Freudesrieseln über meinen Rücken …

Die Probe ist aus, schade!

Wir trotten von der Bühne, Großmama Federlieb empfängt uns lächelnd in der Holz-Kulisse … da ist plötzlich Unruhe auf der Bühne. Hänsel und Gretel sind gekommen. Ich dreh mich um. Wie hat Karl gesagt? Hänsel ist eine Leberwurst? Ich muss grinsen. Tatsächlich, für eine Bubenrolle ist sie aber ziemlich dick. Und steht doch trotzdem auf der Bühne und wird bestimmt gleich wunderschön singen …

Hänsel und Gretel singen aber gar nicht, sie toben für Erwachsene ziemlich wild herum. Aufgeregtes Gebrüll von Regisseur Wuschelkopf. Was ist denn da los?

Wir sollten jetzt eigentlich zu unseren Mäntel und Taschen gehen, aber wir bleiben alle stehen, auch wenn Großmama Federlieb um uns herumflattert und uns wegführen möchte. Nichts für Kinderohren.
Grad was für Kinderohren! Wenn Erwachsene so rumtoben, das ist doch spannend! Wir schubsen uns und kichern, ich schubse und kichere mit, ich bin wirklich mittendrin!

Endlich ist klar, was los ist.
Hänsel und Gretel sollen nach ihrem Nachtgebet von den vierzehn Englein das Einschlafen im dunklen Wald üben und dann das Aufwachen am nächsten Morgen. Aber das Sandmännchen fehlt, was sie einschlafen lässt und das Taumännchen, was sie wieder weckt.
Ich zucke zusammen. Mom! Ja klar ist Gloria nicht da, wissen die das hier nicht? Sie übt für ihren Liederabend!
Doch, sie wissen das hier schon, aber Hänsel und Gretel weigern sich, einzuschlafen und aufzuwachen ohne Sandmann und Taumann.
Die Probe wäre wirklich überflüssig, wenn hier Extrawürste gebraten würden für eine junge, noch unbekannte Kollegin …
Mir wird ganz heiß. Sie meinen Gloria und sie sind sauer auf meine Mom!
Ich stehe stocksteif, kein Gekicher und Geschubse mehr.
Mir ist, als würde ich ganz alleine dastehen im dichten Kinderpulk.
Unten im Zuschauerraum tobt Regisseur Wuschelkopf und beschimpft sich und alle. Warum man nur erlaubt habe, dass Gloria zum Liederabend abreisen darf. Er fleht Hänsel und Gretel an, doch bitte, bitte, bitte, alleine einzuschlafen und aufzuwachen und das Nachtgebet erlässt er ihnen, er weiß ja, wie präch-

tig sie es können. Aber nichts zu machen. Hänsel und Gretel bleiben stur und böse Schimpfworte fliegen von der Bühne zurück in den Zuschauerraum. Und das Wort »Gloria« fällt ganz oft und überhaupt nicht freundlich … Mir ist übel.
Aber plötzlich war da was ganz Komisches. Plötzlich habe ich ganz laut Karl gehört, aber in meinem Kopf.
»Es geht nicht immer nur um dich, es geht auch um Gloria.«
Und zwischen den Worten sind Flügel geflattert, Schutzengelflügel.
Ich bin rausmarschiert aus dem Kinderpulk, zurück auf die Bühne. Meine Beine waren wie Pudding. Ich habe laut gesagt und meine Stimme hat gezittert:
»Ich kann das für Mom singen, ich kann das!«
Stille! Auf der Bühne und im Zuschauerraum. Und auch in der Kulisse.
Ich hab die Augen fest zugekniffen, ich will die Gesichter nicht sehen, die so böse Sachen über Mom gesagt haben.
Ich hab immerzu vor mich hingemurmelt: »Karl, hilf mir, bitte Karl, hilf mir.« Er hat es gar nicht hören können. Aber plötzlich war ein Gewisper und Getuschel um mich herum und auch im Zuschauerraum. Ich hab noch gedacht, gleich lachen mich alle aus und man schickt mich weg, da ruft Karl und er ruft tatsächlich:
»Dodo kann es! Bitte alles auf die Plätze! Und Ruhe! Für Dodo, meine allerliebste Freundin!«
Ach, mein Karl … ich musste schnaufen und ein bisschen schniefen und dann war alles ganz einfach.

Hänsel und Gretel haben sich zusammengekuschelt auf dem harten Bühnenboden und statt zu schlafen, heimlich zu mir hingeschielt. Ich hab's gesehen. Sandmännchen Dodo ist zu

ihnen gekommen, immer noch auf Puddingbeinen, aber es hat gesungen. »Der kleine Sandmann bin ich, und gar nichts Arges sinn ich …«
Karl hat unten kräftig mitgesungen, aber ein bisschen falsch. Regisseur Wuschelkopf hat ihm den Mund zugehalten und ich konnte weiter richtig singen. Die ganze kleine Arie lang. Und weil das so gut ging, habe ich gleich Hänsel und Gretel aufwachen lassen und war Taumännchen Dodo.
»Der kleine Taumann heiß ich, und mit der Sonne reis' ich …«
Karl hat nicht mehr mitgesungen.
Dann war was Tolles! Hänsel und Gretel sind aufgesprungen und haben mich umarmt und geküsst. Wuschelkopf hat »Bravo, bravissimo, Susi!« gerufen und geklatscht. »Dieses Kind muss in den Kinderchor, bitte organisieren! Ich brauche dieses Kind!«
Plötzlich waren auch alle Kinderchor-Kinder wieder auf der Bühne und haben mir auf die Schulter geklopft und mich umringt. Viele wollten was Nettes sagen. Ich hab kaum Luft gekriegt. Da war dann auch Großmama Federlieb, die hat mich umarmt und gegen ihren weichen Busen gedrückt und mir zarte Worte zugeflüstert, die habe ich leider nicht verstanden vor lauter Kinderlärm. Aber soviel hab ich schon verstanden: Ich darf jetzt singen im Kinderchor! In der Oper hier, zusammen mit Gloria auf der Bühne! Alles ist so gut gegangen und nichts war falsch! Mir war ein bisschen schwindelig und so leicht, als wäre ich nicht ein schwerer Sack, sondern ein Luftballon.
Ich möchte heim, ganz schnell, ich muss Mom anrufen, ganz schnell … aber am allerliebsten möchte ich doch schnell meinen Karl … da ist er auch schon da. Auf die Bühne gesprungen und hat mich fest in die Arme genommen. Vor allen Leuten!
Er hat mir ins Ohr geflüstert, wie stolz er auf mich sei. Ich hät-

te die Probe gerettet und die Stimmung und auch Gloria. Heute Abend wird er leider wieder nicht nach Hause kommen können. Ein Sack wäre jetzt traurig geworden, ein Luftballon nicht. Der fliegt heim zum Telefon.

Im Bus hätte ich am liebsten laut gesungen. So was geht aber nicht. Aber gesummt habe ich, die ganze Busfahrt lang. Sonst wäre ich geplatzt. Manche Leute haben sich auf ihren Sitzen umgedreht und mir zugelächelt. Bloß einer, so ein knurriger Alter, hat mir zugeknurrt: »Stelle dein Radiodingsbums ab, ich will meine Ruhe.«
Da hätte ich am liebsten laut gelacht und wäre auf meinem Sitz herumgehopst. Das muss ich unbedingt Karl erzählen!
Der Alte hat doch wirklich gedacht, er hört was Perfektes aus dem Radio! Bloß gefällt's ihm halt nicht. Macht nichts. Ich hab mich so gefreut!

Daheim dann nicht mehr so.
Mom ist nicht da! Ich lasse das Telefon klingeln, lange. Nichts. Dass Mom zu tun hat, weiß ich ja. Aber gerade jetzt? Wo ich ihr doch die allerschönsten Neuigkeiten erzählen will?
Na gut, versuche ich's später. Aber wann ist später?
Hier hocken auf dem Flur vorm Telefon und es alle paar Minuten versuchen? Ja, möchte ich … nein, mach ich nicht!
Ich habe aber auch keine Lust, in der alleinigen Wohnung herumzuflattern und da zu putzen und dort aufzuräumen. Ich schaue in den Kühlschrank. Da ist noch viel drin, da könnte aber auch noch mehr drin sein. Da ist noch Platz. Los, Luftballon, wir fliegen jetzt zum Bio-Markt. Durch den kalten Winterwind. Umso besser, dann fliegt man leichter. Und wenn ich zurückkomme, ist Mom sicher wieder im Hotel.

Im bunten Bio-Markt ist es wie gewohnt, warm, fröhlich und voller Mütter mit buntbestrickten Kindern.
Ich ernte freundliche Blicke von links und rechts, und gleich zwei Mütter wollen mir helfen, Müsli von hoch oben runterzuholen. Ich höre Lob, wie toll das doch sei, dass eine Tochter so selbstverständlich Mama und Papa helfen würde. Es gefällt mir, dass eine junge Mutter mir ihr bunt eingewickeltes Baby in den Arm drückt, es kreischt und fuchtelt mit winzigen Fingerchen. Sie flüstert mir zu und sieht ziemlich gehetzt aus: »Halte ihn bitte doch bloß mal kurz, ich geh rasch zu den Bananen.«
Ich halte den Strampler ganz fest. Wie schwer der ist! Für ein Baby ist der aber wirklich ziemlich dick. Und wie der kreischt! Früher wäre ich ganz bestimmt erschrocken und hätte was geflüstert von »Bitte, nein, ich kann das nicht«. Heute nicht. Mama bei den Bananen wird nicht lange weg sein und jetzt singe ich dem Schreihals einfach was vor. Das Sandmännchenlied. Und schwenke ihn auf und ab. Der Kreischer reißt die Augen auf, starrt mich an. Ich singe weiter, aber nicht mehr den Sandmännchentext. Sondern so was von einem Schutzengel mit Segelohren und von einer Mama, die Baby lieb hat und grad Bananen für Baby pflückt. Der Kreischer kreischt nicht mehr, er sabbert.
Um mich herum sind Mütter und auch zwei Väter und das sabbernde Baby wird gekitzelt und belächelt und ich krieg Lob, Lob, Lob! So ein Kind wie mich hätte man gerne zuhause. Die Bananen-Mama hat mich sogar gefragt, ob wir uns nicht mal wieder im Bio-Markt treffen können. Sie würde mich gerne mal einladen auf einen Saft. Dickerchen Kreischer sei noch nie so zufrieden gewesen bei jemandem Fremden. Das hat mich gefreut. Der Luftballon war immer noch voll aufgeblasen …

Und ist daheim ein bisschen eingeschrumpelt.
Ich kann Mom immer noch nicht erreichen, sie geht nicht ans Telefon. Sie hat Probe, sie macht einen Stadtbummel in die teuren Geschäfte, sie trinkt Tee mit dem fabelhaften Pianisten, sie liegt in der Badewanne, sie ... tausend Sachen fallen mir ein, warum Mom, die Gloria, nicht da sein kann.
Aber grad jetzt sollte sie doch da sein, für mich! Ich lege wieder auf und schnappe mir Teddy-Teddy. Mit dem setze ich mich in den Schwan. Wo soll ich denn sonst hin mit diesen tollen Neuigkeiten? Die müssen raus, die muss ich erzählen, sonst platze ich. Wenn ich's erzähle und immer wieder erzähle, dann werden die Neuigkeiten immer schöner und sie glänzen.
Ich habe schon angefangen zu erzählen. Aber Schwan und Teddy-Teddy, beide mottig und so alt, die haben beide so ausgesehen, als wäre ihnen das alles ziemlich egal. Ich brauch jetzt jemanden, der lebendig ist und Staune-Augen kriegt und lacht und sich mit mir freut.
Ich brauche Karl!
Blöder Kerl, er ist nicht da. Kommt heute wieder superspät. Gerade heute!!! Blöder lieber Karl!
Da hab ich plötzlich gewusst, was ich jetzt mache. Schwan schnell gestreichelt über den Schnabel, Teddy-Teddy zurück ins Bett gestopft und einen gelben Zettel geschrieben.
Den klebe ich Karl auf sein Kopfkissen.
Darauf schreibe ich: »Lieber blöder Karl! Ich vermisse Dich! Deine Dodo!«

Kapitel 18

Mom ist wieder da!
Aber was für eine Mom! Sie stand am nächsten Morgen an meinem Bett, eingewickelt in den Pelz und vielen Schals, hochgezogen bis über die Nase.
Sie hat bloß ein Wort gekrächzt: »Katastrophe!«
Mom umarmen, über Mom sich freuen und erzählen, alles weggewischt.
Mom hat ihre Stimme verloren, sie ist heiser. Der Liederabend abgesagt.
Eine Katastrophe. Wenn ein Sänger seine Stimme verliert, dann ist das so, als würde ein Maler keine Pinsel mehr haben, um schöne Bilder zu malen.
Pinsel kann man kaufen, die Stimme nicht. Ach, meine arme Mom … Ich bin aus dem Bett gesprungen und habe Mom umarmt. Sie hat stillgehalten. Sie war so dünn und so blass.
Ich habe ihr gleich Tee gemacht mit Honig und Zitrone. Mom

ist hinter mir her getappt in die Küche. Sie hat am Küchentisch gesessen, ganz zusammengesunken und still am Tee genippt. Da sind meine Luftballon-Gefühle plötzlich wieder zurückgekommen. Mom braucht mich!
Aber einfach ist das nicht.
Die elegante Gloria ist geschrumpft im Bademantel zu einer Mom, die ziellos in der Wohnung herumtappt in meinen rosa Hasenohr-Hauspuschen. Die hab ich ihr einfach angezogen. Sie hat nicht protestiert, noch nicht einmal die Augenbrauen hochgezogen über so viel Kitsch an ihren Füßen.
Mom muss es wirklich elend schlecht gehen. Sie hüstelt viel in ihren Seidenschal, den hat sie um Mund und Nase und Hals gewickelt, am Tag und nachts wahrscheinlich auch. Sie mag nichts essen. Ich koche trotzdem, wirklich leckeres Gemüse und Reis und esse vor lauter Aufregung selber alles auf.
Sie mag keine Musik hören. Wenn ich welche spielen lasse, dann werden ihre Augen über dem Seidenschal riesig. Da mache ich die Musik gleich wieder aus.
Sie schläft viel. Manchmal höre ich sie weinen, heisere kleine Schluchzer. Dann macht mein Herz einen erschrockenen Satz. Es hüpft aber gleich wieder zurück. Jetzt geht's um Mom und nicht um mich.
Ich putze die Wohnung, blitzblank und viel zu oft.
Auch wenn Mom nichts sagen kann, sie wird es sehen und sich wohlfühlen. Gepflegt muss es sein, das weiß ich. Das Badezimmer putze ich besonders.
Und ich bin die beste Tee-mit-Honig-und-Zitrone-Bringerin geworden. Mom trinkt ihn brav und literweise, er tut ihr gut.
Wir wissen ja, eine andere Medizin als Schweigen gibt's für sie jetzt sowieso nicht. Es dauert nicht ewig, die Stimme kommt

zurück, das wissen wir. Wir brauchen nur Geduld. Und Tee mit Honig und Zitrone.

Das hab ich Mom gesagt, immer wieder.

Sie hat genickt, sie hat mit den Schultern gezuckt, aber sie hat auch gelächelt, hinter ihrem Seidenschal. Das hab ich an ihren Augen gesehen. Manchmal hüstelt sie, greift nach meiner Hand und hält sie fest. Ganz kurz. Manchmal streichelt sie über mein Stoppelhaar. Wenn ich Frühstück hergerichtet habe, schön gedeckt mit Servietten, nippt sie bloß am Orangensaft und zieht sich dann gleich wieder zurück in ihr Zimmer.

Manchmal drückt sie mir sogar einen Kuss aufs Haar, durch den Seidenschal hindurch. Dann bin ich beinahe froh, dass sie jetzt nicht sprechen kann. Weil sie sonst bestimmt wieder »Schätzchen« gesagt hätte. Eine leidende Mom in ihrem Zimmer ist neu. Aber sie ist jetzt meine Mom, die immer da ist.

Karl kommt nicht nach Hause. Schon drei Tage lang nicht. Ist er jetzt Nachtwächter im Opernhaus geworden? Braucht er denn nicht mal frische Unterhosen und Socken?

Aber er ruft an. Oft.

»Dodo?«

»Hallo, Karl!«

»Meine liebste Freundin, wie geht es dir?«

»Na ja«, sage ich und höre bei ihm im Hintergrund Gelächter und Opernmusik. Da merke ich, ich möchte auch schon gerne mal wieder dort sein, wo ich doch ein Engel geworden bin.

»Dodo, wie geht's denn unserer Diva? Immer noch stumm? Richte ihr bitte die allerbesten Genesungswünsche aus und wir warten auf sie. Sagst du es ihr gleich?«

Karls Stimme geht weg, da quatscht jemand auf ihn ein.

Ich warte ein bisschen, den Hörer fest ans Ohr gepresst.

Kommt er wieder?

»Entschuldige, Süße!«, sagt Karl und seine Stimme wird luftig und hell. »Bin wieder da. Dodo, kommst du zurecht? Brauchst du Hilfe? Kann ich was für dich tun?«
Aber klar kann er was für mich tun. Nämlich hier sein. Natürlich sage ich das nicht.
»Kann ich was für dich tun!« ist der blödeste Satz aller Zeiten! Den haben sich Leute ausgedacht, die überhaupt keine Lust haben, was zu tun. Sie müssen aber. Sie werden dafür bezahlt. Karl muss mir diesen doofen Satz nicht sagen.
»Karl«, sage ich und merke, ich kriege schwitzige Hände. Ich frage trotzdem. »Karl, kommst du mal wieder?«
Da wird Karl wieder zu meinem Karl. Karl singt ins Telefon, in mein Ohr die Melodie vom Sandmännchen.
»Dein Schutzengel, der bin ich! Und meine Dodo lieb ich!«
Mit einem Grinsen kann ich den Hörer auflegen.

Mom hockt alleine in ihrem Zimmer und grübelt vor sich hin. Für sie ruft überhaupt keiner an. Ich merke doch, wie sie aufhorcht, wenn das Telefon klingelt und wie sie gleich wieder in ihr Zimmer verschwindet, wenn sie hört, es ist nicht für sie.
Mom muss getröstet werden. Ich weiß auch schon, wie.
Sie muss in den Lohengrin-Schwan, weil der allen Kummer schluckt, den muss man ihm nicht sagen, man kann den Kummer einfach nur denken.
Ich zerre den Schwan aus meinem Zimmer zu ihr. Er riecht schon gar nicht mehr so mottig. Das kommt wohl von den Räucherstäbchen, die Karl so gerne brennen lässt.
Mom liegt im Bett und runzelt die Stirn. Ich hab nicht angeklopft.
»Schau mal, Mom, den schenke ich dir«, sage ich und schiebe

den Riesenvogel neben ihr Bett. »Wenn du dich da reinsetzt, geht's dir gleich besser, wirst schon sehen.«
Mom reißt die Augen auf und krächzt irgendwas. Es klingt ein bisschen wie Kichern, aber nur ein bisschen.
»Bitte, Mom!«, sage ich und bleibe stur stehen.
Mom seufzt, betrachtet den Schwan, betrachtet mich und steht tatsächlich auf und quetscht sich in den Vogel-Bauch. Ihre Augen überm Seidenschal lächeln mich an. So als wollten sie sagen: »Zufrieden, Dora?«
Ja klar, Dora ist sehr zufrieden. Und Mom wird auch gleich zufrieden sein, weil …
»Da hat vorhin jemand angerufen, für dich!«, sage ich und meine Stimme wackelt dabei kein bisschen. »Ich glaub, das war dein Pianist, ich hab's nicht genau verstanden.«
Mom richtet sich auf im Schwan.
»Der weiß ja, dass du jetzt nicht reden darfst.«
Ich plappere schnell weiter. »Er wollte dir sagen, dass er es ganz furchtbar findet, dass du den Liederabend absagen musst. Und … und … hunderttausend liebe Grüße soll ich dir sagen.«
Mom krächzt was, legt den Kopf schief und schaut zur Zimmerdecke. Ich bin sicher, sie freut sich!
»Ja, Mom« Ich plappere ganz schnell weiter. »Ja, Mom, und gestern, und auch heute früh, Mom, da hat die Oper angerufen. Ich weiß nicht genau, wer. Und immerzu haben sie gefragt nach dir und … und … hunderttausend liebe Grüße soll ich dir sagen.«
Meine Backen brennen. Mom schaut mich an.
»Sie haben jede Stunde angerufen, ehrlich, Mom«, sage ich lahm und merke schon, das war irgendwie falsch. Mom ist zwar jetzt stumm, aber taube Ohren hat sie nicht.
Da fällt mir aber zum Glück noch was ein.

»Aber Karl fragt immer nach dir, immer!«, flüstere ich und das muss sie mir glauben, weil's ja auch stimmt.
Mom steigt aus dem Schwan. So rasch und elegant, wie nur Gloria so was kann. Sie schüttelt ihre Locken, ich sehe genau, die sind wirklich frisch gefärbt, kein Grau zu sehen. Sie zieht den Schal runter und gibt mir einen Kuss. Mitten auf die Nase.

Was war das für ein schöner Abend mit Mom! Nur wir zwei, alleine daheim! Mom hat lange geduscht und ein hübsches Kleid angezogen, der Krankheits-Seidenschal ist nur noch um ihren Hals geflattert, nicht mehr hochgezogen bis zur Nasenspitze.
Sie hat beinahe alles aufgegessen, was ich gekocht habe. Den Reis haben wir stehen lassen, er war ein bisschen angebrannt.
Wir haben zusammen Musik gehört. Mozart. Nichts mit Gesang, bloß viele Geigen, die liebevoll singen.
Mom hat sich auf ein Samtkissen gekuschelt. Draußen hat ein eisiger Regenwind gegen unser Fenster geblasen. Ich habe die hübschen Vorhänge zugezogen. Ich hab zu ihren Füßen gesessen, die rosa Hasenhauspuschen hat sie mir zurückgeschenkt, sie fühlt sich wohler in ihren Gloria-Stöckelschuhen.
Ich hab geplappert, ich konnte gar nicht mehr aufhören. Ich hab ihr erzählt vom Bio-Markt und den schrumpeligen gesunden Sachen dort und vom Waschsalon und dass ich jetzt genau weiß, wie das da geht und auch vom Würstchen-Josef und vom magischen Kreis drum herum von Karl. Dass ich da mal so blöd geheult habe, das hab ich nicht erzählt.
Vom lustigen Bruno hab ich erzählt und von dem köstlichen Kakao dort und von Karl hab ich erzählt, endlos, endlos. Zwischendurch bin ich losgesaust und hab die hübsche Blümchen-Bluse angezogen und Mom gezeigt, wie gut sie mir jetzt passt.
Mom hat gelächelt und genickt. Manchmal bei Mozart hat sie

die Augen geschlossen und einfach zugehört. Ich habe gemerkt, Mom geht's viel besser. Sie kann wieder ein bisschen Gloria sein, das habe ich an den Stöckelschuhen gesehen.
Wäre ich wirklich ein Luftballon, dann wäre ich wahrscheinlich fröhlich jetzt an unserer Zimmerdecke herumgetanzt.
Mom hat kein einziges Mal »Schätzchen« gesagt. Na ja, sie kann ja auch noch nicht gut sprechen. Sie hat in meine Plapperei mal was gekrächzt und das hat sich angehört wie »meine Dodo«!
Und da konnte ich das erzählen, was am Allerwichtigsten ist. Meine Stimme hat dabei ein bisschen gewackelt. Dass ich nämlich jetzt ein Engel in der Oper geworden bin und die Himmelsleiter runterplumpsen darf und dass ich in Zukunft auch ein Kinderchor-Kind werde.
Mom schaut mich an und ich hab den Atem angehalten. Wird sie jetzt böse? Weil ich gesungen habe und, wenn sie es erlaubt, auch wieder singen werde auf der Bühne, die doch ihr gehört? Sie mag doch nicht, wenn ich singe …

Mitten in meinen angehaltenen Atem hinein stürmt Karl. Stutzt kurz, als er uns da so sitzen sieht, stürmt sofort zu Mom, strahlt und mit ihm strahlen seine Ohren. Er hebt sie einfach hoch und wirbelt sie herum und er trompetete los: »Gloria Viktoria, meine allerschönste Diva, was für eine Freude, dich zu sehen, wunderschöne Frau.«
Mom in seinen Armen schnappt nach Luft und kichert ein tonloses Kichern und hält sich fest an seinem Hals. Karl tanzt mit ihr durchs Zimmer und trampelt mir dabei auf den Fuß.
Aua! Aber sag ich das? Nein! Es ist viel zu schön zu sehen, wie Mom sich freut. Karl trägt sie auf Händen. Und setzt sie vorsichtig ab und lässt sich auf den Boden plumpsen, zu Füßen von Mom.

Karl redet wie ein Wasserfall, streichelt dabei Glorias Stöckelschuhe, zupft an meinem Ohr, tippt mir auf die Nase, springt auf, wedelt mit den Armen und lässt sich wieder fallen.
Und sprudelt und sprudelt.
Die ganze Oper litte mit ihr, jawohl, und alle fragen unentwegt nach ihr und schicken die allerbesten Genesungswünsche und alle haben ihr den Liederabend so sehr gegönnt und sich so für sie gefreut und jetzt sind alle, aber wirklich alle, tief betroffen und traurig und alle, aber wirklich alle hoffen, dass sie ganz bald wieder singen kann …
Mom hockt da auf ihrem Kissen, wo Karl sie abgesetzt hat und hört gespannt zu. Wenn man Worte trinken könnte, dann hätte sie diese Worte bestimmt geschlürft wie Tee mit Honig und Zitrone.
Sie glaubt das alles, was Karl da sprudelt.
Ach, Mom …
Aber dann hat Karl plötzlich mich hochgeschwungen und nur ein bisschen dabei geschnauft und trompetet:
»Und zu dieser Dodo muss man dir gratulieren. Ein kleiner Ärger auf der Bühne, Sandmännchen und Taumännchen fehlen auf der Probe. Und was macht diese Teufels-Person? Stellt sich hin und singt! Deine Arien, Gloria, lupenrein von vorne bis hinten. Die Probe war gerettet!«
Karl setzt mich ab und seine Ohren glühen.
»Weißt du überhaupt, was für einen Schatz du da hast? Der Regisseur, du kennst ihn ja, war begeistert und deine Kolleginnen, du kennst sie ja, waren zufrieden. Dodo wird für unseren Kinderchor eine absolute Bereicherung sein! Und jetzt entschuldigt mich, ihr Liebchen, ich muss leider wieder weg. Ihr kommt zurecht?«
Karl hat in seinem Zimmer herumgewühlt.

Ach klar, hab ich gedacht. Die frischen Socken, die frischen Unterhosen.
Dann war er weg. Aber meine Backen haben knallrot gebrannt.

Mom hat mich angeschaut. Irgendwie so, als wäre ich neu für sie. Ihr Gesicht war wie geschrumpelt, fast sogar ein bisschen alt. Sie hat versucht, was zu sagen. Es kam aber bloß ein Krächzen raus. Sie hat ungeduldig an ihrem Hals herumgerieben.
Dann ist sie aufgestanden und hat auf die beschlagene Fensterscheibe geschrieben: SINGE!!!
Ich bin erschrocken. Was denn, etwa jetzt?
Mom hat ernst genickt.
Was sollte ich machen, ich hab gesungen.
Nicht ihre Arien, das hätte ihr zu wehgetan. Ich hab ein Lied von Mozart gesungen.
Es ging gut. Mom hat aufmerksam zugehört und kein bisschen die Augen verdreht. Sie hat sogar gelächelt.
Da bin ich mutig geworden und habe das schöne Lied gleich noch mal gesungen. War das jetzt zu viel? Mag sie meine Kinderstimme immer noch nicht leiden?
Mom schlüpft aus dem Zimmer. Draußen im Flur hustet sie fürchterlich. Und drinnen steh ich wie mit abgesägten Hosen und weiß immer noch nichts.
Als sie zurückkommt, hat sie »Schätzchen« gekrächzt und mir einen Zettel hingehalten. Mom hat mir einen Brief geschrieben, draußen, beim Husten.
Mom hat mir noch nie einen Brief geschrieben!
Ich hocke mich auf mein Lieblingskissen, der Brief wackelt ein bisschen in meiner Hand. Mom hockt sich auf den Boden, ganz nah.
»Mom, steh auf, der Boden ist zu kalt für dich!«, will ich sagen.

Ich sage es nicht. Mom hat sich an meine Knie gekuschelt und schaut mir aufmerksam zu beim Lesen. Da steht:
»Meine liebe Dodo! Mozart wäre zufrieden gewesen, so bin ich es auch. Die Melodie hast Du gut getroffen, wenn man Dein Alter bedenkt. Du wirst noch viel lernen müssen, im Kinderchor wird Dir das sicher gelingen. Verzeihe eine kleine Kritik, aber die Hasenpelz-Schlappen sind einfach indiskutabel.
With love Deine Mom«

Ich hab gestrahlt! Der Brief kommt unter mein Kopfkissen! Oder besser daneben, sonst verknittert er ja. Moms Kopf war immer noch neben meinen Knien. Ich hab ihre roten Locken gestreichelt. So, wie sie manchmal mein Stoppelhaar streichelt, aber viel länger.
Sie hat stillgehalten und geseufzt. Alles war wie umgekehrt …
Aber dann haben wir herumgekichert über die rosa Hasenohr-Puschen. Mom hat sie sich als Handschuhe übergezogen und einen albernen Tanz damit getanzt.
Ich hab die Puschen herumgekickt in alle Zimmerecken als Fußbälle. Mom hat zurückgekickt und dabei wieder furchtbar gehustet.
Da habe ich sie ins Bett geschickt. Mom muss ruhen. Toben tut ihrer Stimme nicht gut.
Mom ist brav gegangen und hat mir einen Luftkuss zugeworfen. Mir war so leicht und fröhlich, das Luftballongefühl war wieder da. Ich hätte noch ewig hier rumkicken können.
Ich darf in den Kinderchor!
Mom nennt mich Dodo!
Und sie geht nicht weg, sie bleibt da!

Kapitel 19

Mom muss heute zum Arzt.
Sie sitzt am Frühstückstisch, hübsch angezogen und geschminkt, ein gutes Zeichen. Nur ihre Stöckelschuhe, die nehme ich ihr weg. Stöckelschuhe im Winter, das geht einfach nicht.
Mom lässt es zu, trinkt literweise Orangensaft und knabbert brav am Knäckebrot. Ich hab ihr dick Butter draufgestrichen und noch dicker Marmelade. Sie hat es heimlich wieder abgekratzt. Ich hab's genau gesehen. Aber ich sage lieber nichts.
»Mom, soll ich dich begleiten?«, frage ich. »Das mach ich wirklich gerne.«
Ich kann doch meine Mom nicht so alleine durch das grässlich graue Regenwinterwetter stapfen lassen.
Aber Mom winkt ab.
Na ja, hab ich mir ja schon gedacht.
Beim schicken Arzt auftauchen mit einer dicken Tochter, auch

wenn die inzwischen Dodo heißen darf und ein klein bisschen dünner geworden ist … Mom wäre das vielleicht egal. Aber doch nicht der Gloria!
Mom ist weg und hat brav dicke Winterstiefel angezogen. Ich hab ihr noch einen extra dicken Schal umgewickelt.
Das wär vielleicht nicht nötig gewesen. Sie war schon eingemummelt bis über die Nase.
Aber für mich war's nötig.
Dann sieht doch der Arzt, wie gut ich für meine Mom sorge!

Karl ist heute Nacht wieder nicht nach Hause gekommen. Wahrscheinlich ist er wirklich Nachtwächter geworden im Opernhaus. Aber das hätte er mir doch erzählen können, oder?
Ich räume die Wohnung auf, schüttele die Betten und lüfte. Mom braucht viel frische Luft, draußen und auch drinnen.
Fette grauschwarze Wolken hängen am Himmel, schon wieder von Schnee keine Spur. Macht nichts. Hier drinnen zappeln die bunten Seidenvorhänge im Winterwind. Ich flitze in Karls Zimmer, zum Spiegel.
Mein Zettel mit dem doofen Gruß ist weg, das sehe ich sofort. Karl hat ihn abgerissen und weggeschmissen … oder mitgenommen?
Als Talisman?
Ich stehe vorm Spiegel und schau mich an. Ich sehe aus wie immer.
Stimmt nicht. Nicht wie immer! Die da im Spiegel, die kneift nicht die Augen zu. Die strahlt mit blitzblauen Augen, die hellen Stoppelhaare auf ihrem Kopf stehen ab wie Sonnenstrahlen. Die da im Spiegel grinst fröhlich: Nicht weggeschmissen! Mitgenommen! Talisman!

Ich muss jetzt raus, sonst zappel ich hier bloß noch rum. Das kann ich auch auf der Straße tun, beim Rennen. Mom ist sicher ewig lang beim Arzt, da kann sie mich nicht vermissen. Vorsichtshalber schreibe ich ihr einen Zettel.
»Liebe Mom, Dodo ist ausgewandert. Ätsch, stimmt nicht. Bin bald wieder da. Deine Dodo«
Da ratscht der Bleistift ein Loch in den Zettel, den schmeiß ich weg, das sieht hässlich aus. Da sehe ich, dass im Papierkorb schon so was Gelbes, Zusammengeknülltes, Weggeschmissenes liegt.
Mein Zettelchen für Karl! Also doch kein Talisman! Na ja, hätte ich eigentlich ja auch wissen können. So ein dummes kleines Zettelchen kann auch kein Talisman sein. Trotzdem ... ich warte auf das übliche Zwacken im Bauch. Es kommt nicht! Mein Bauch knurrt zwar ein bisschen, aber das ist bloß der Hunger. Mein Kopf sagt, dass gelesene Zettelchen zum Wegschmeißen da sind. Briefe hebt man auf.
Jetzt weiß ich, was ich mache. Ich geh brav rennen, aber zu Bruno. Den hab ich ja ewig lang nicht besucht. Der wird sich freuen und ich und mein Bauch, wir freuen uns auch.

Eingemummelt bin ich losgerannt. Die Wolken hingen tief und haben ausgesehen, als würden sie gleich platzen. Mom wird sich für den Rückweg doch hoffentlich ein Taxi nehmen? Wie gut, dass ich sie in die Winterstiefel gezwungen habe. Ich muss grinsen, wenn ich an ihr missmutiges Gesicht denke, als ich die Stöckelschuhe versteckt habe ...
Ich klopfe an die Tür vom »Bella Italia«. Sie ist geschlossen, natürlich ist sie geschlossen, aber doch nicht für mich! Bruno reißt auch sofort die Tür auf, er muss geahnt haben, dass ich komme, denn so schnell war er noch nie da.

»Bruno!« Ich strahle ihm entgegen, aber Bruno zuckt zusammen.
Und stammelt:
»Signorina, Freundin liebes, Wetter schlimmes, alles gut?«
Er schaut immer wieder nervös auf seine Uhr und über meinen Kopf hinweg und sein Deutsch wird immer schlechter. Auf seiner Glatze glitzern Schweißtropfen, hier draußen in der Kälte, und er zieht mich nicht hinein wie sonst.
»Wetter schlimmes, Dodo heim, subito, bitte, bitte, besser so.«
In seinen dunklen Augen ist etwas, das hab ich noch nie gesehen bei ihm. Hat er etwa Angst oder was?
Bruno zieht mir rasch die Kapuze über den Kopf und flüstert noch: »Du nicht müssen sein böse!« Und damit ist die Tür zu. Bruno drinnen in der Wärme, ich draußen in der Kälte. Was war denn das? Kein Kakao, kein Pizzastück … hat er Streit mit seinem Chef, dem ekligen Dickwanst?
Ich seufze und puste in meine Hände, die sind klamm, ich habe die Handschuhe vergessen. Na gut, renne ich halt wieder heim und warte da auf Mom. Ich kann ja was kochen für Mom und mich.
Während ich noch überlege, rennt da jemand um die Straßenecke. Lang und dünn, Kappe über die Ohren gezogen, ein Breitmaulfroschgrinsen im Gesicht. Er stürmt geradewegs auf's »Bella Italia« zu.
Und da trifft er mich.

Es schneit, dicke fette Flocken. Karl und ich hocken eng nebeneinander auf den Treppenstufen vom »Bella Italia« mit eisigen Füßen und eisigen Händen.
»Jetzt weißt du es«, sagt Karl. »Besser so.«
Ich nicke. »Bruno?« Karl nickt.

»Und der Pullover, den du strickst, der ist für …«
»Bruno!«, nickt Karl. »Aber damals habe ich es noch nicht gewusst, jetzt weiß ich es.«
»Ich auch«, sage ich. »Du bist also kein Nachtwächter in der Oper geworden. Du wohnst bei Bruno, stimmt's?«
Karl nickt und wischt Schneeflocken von seiner Nase.
»Wer wegfliegen will, den muss man fliegen lassen«, sage ich und schniefe. Meine Nase läuft.
Karl lächelt, nimmt meine Eisfinger und wärmt sie mit seinen großen Händen. Die sind aber genau so kalt.
Ach, mein Karl … Kälte ist in meinen Bauch gekrochen und nicht bloß die von den eisigen Treppenstufen. Ich kann nur noch flüstern:
»Kommst du jetzt nie mehr heim zum Stricken?«
»Doch.« Karl flüstert jetzt auch.
»Und wenn ich aber jeden Abend mit dir stricken will?«
Da nimmt Karl mich in die Arme und drückt mich fest.
»Ach, Dodo, ich gehe dir doch nicht verloren!«, sagt er, seine Stimme bibbert.
Ich merke ganz genau, das kommt nicht nur von den kalten Treppenstufen und dem Winterwind. Ich kuschele mich ganz eng an seinen roten Anorak. Der Schutzengel-Anorak … so hab ich ihn doch zum ersten Mal gesehen! Daran darf ich jetzt gar nicht denken, sonst heule ich los. Ich stecke meine Nase in seinen dicken Schal, der riecht so schön nach Karl.
»Karl, ich hab dir so einen schönen Zettel geschrieben. Warum hast du den denn weggeschmissen?«
Karl schluckt und flüstert auf meinen Kapuzenkopf: »Ich hab mich so geschämt, Dodo!«
Und da sind doch die Tränen gekommen …

Da wird die Tür vom »Bella Italia« aufgerissen. Licht, Musik und Wärme quellen raus. Bruno steht da mit glänzender Glatze und funkelnden Augen und blitzweißem Hemd. Er ruft fröhlich und sein Deutsch ist plötzlich wieder besser geworden: »Kann doch nicht Wahrheit sein! Sitzen draußen allerliebste Freunde mein, frieren sich den culo ab, äh, den Popo ... Drinnen trampeln Bruno auf der Stelle, warten, warten ... Rein mit euch!«
Drinnen war plötzlich alles ganz einfach.
Meine Tränen sind in Karls Wollschal hängengeblieben.
Bruno hat uns an den schönsten Tisch gesetzt, der war schon fein gedeckt. Er ist herumgesprungen wie eine schwarzweiße Heuschrecke mit Glatze und hat uns zugezwinkert: »Chef nicht da!« Und uns Riesenpizzas gebracht und Salat und Wein und für mich Kakao und sich zu uns gesetzt. Er hat geplappert ohne Pause und Karls Ohren waren rot und sein schönes Breitmaulfroschgrinsen war wie festgeklebt in seinem Gesicht. Wohin Bruno auch gesprungen ist, Salz holen, Öl für den Salat holen, Karls Breitmaulfroschgrinsen ist ihm gefolgt. Mein Bauch hat ziemlich geknurrt. Aber das war Hunger, nichts anderes, oder?
Bruno und Karl sind immer alberner geworden. Sie haben sich doch tatsächlich darum gestritten, wer die Pizza für mich kleinschneiden darf! Ich darf das nicht selber, ich muss jetzt bedient werden. Bruno hat gewonnen, er darf schneiden. Karl hat aber auch gewonnen, er darf mich füttern. So als wäre ich ein Baby. Ich hab schon lachen müssen. Fehlt bloß noch, dass sie meinen Kakao in eine Babyflasche kippen, um sie mir in den Mund zu schieben.
Karls Segelohren glühen und Brunos Glatze leuchtet. Sie kichern und plappern und ich merke genau, sie schauen sich

nicht an. Bloß immerzu mich. Ja, Dodo, jetzt geht es nur um dich! Und warum das hier und jetzt so ist … ach Karl, ach Bruno … das hab ich doch schon längst kapiert.
Aber gefreut hat's mich trotzdem, das alberne Getue. Es war lustig und es war warm und so lieb gemeint. Aber jetzt will ich heim. Mom wird auf mich warten. Sofort springen Karl und Bruno auf.
»Wir dich begleiten«, sagt Bruno.
»Wir begleiten dich«, sagt Karl.
Bruno holt meinen Mantel. Karl zieht mir die Kapuze über. Bruno macht einen Knoten in meinen Schal. Karl macht ihn wieder auf. Sie fingern an mir herum, als wäre ich eine Puppe. Ich muss schon wieder lachen. Ach Bruno … ach Karl …

Draußen ist alles weiß! Vollgeschneit die Straßen, die Dächer, die Autos. Es schneit noch immer, dickflockig, leichtflockig, das hässliche graue Viertel hat einen weißen Mantel angezogen. Wunderschön.
Bruno und Karl juchzen. »Schnee weißschön.« »Schnee schön weiß.« »Schöner weißer Schnee«, sage ich und schaue zu, wie die beiden Schneetänze aufführen. Sich drehen, springen, mit den Armen wedeln und lachen. Es ist, als wäre die frische Schnee-Luft in sie gefahren und sie können jetzt fliegen.
Bruno und Karl haben meine Hände gefasst, einer rechts, einer links und sind mit mir losgerannt, hinein in den Schnee. Wir waren weiß von oben bis unten. Und dann haben Bruno und Karl mich losgelassen und sich auf der Straße hingeschmissen und Schnee-Engel gespielt. Mit den Armen Schnee-Flügel gewedelt.
»Dodo, schauen, angelo-Schnee ich sein für dich!«, hat Bruno gelacht.

»Schutzengel im Schnee!«, hat Karl gerufen und seine Mütze verloren. Die hab ich ihm wieder aufgesetzt. Und geflüstert: »Zwei Schutzengel brauch ich aber nicht.« Oder doch?
Plötzlich waren sie keine Schnee-Engel mehr. Aber dafür ich. Ein Engel, der fliegt. Hochgehoben, auf die schneenassen Schultern geschwungen von Bruno und Karl, und so haben sie mich nach Hause fliegen lassen.
Vor unserer Haustür wurde ich abgesetzt und da haben sie wieder gestritten. Wer mich zuerst umarmen darf zum Tschüss-sagen. Ich hab wieder lachen müssen, mit eiskalter Nase.
Dann waren sie weg. Ich habe ihnen hinterhergeschaut. Ganz hinten an der Straße sind sie nicht mehr albern gehüpft, da sind sie Hand in Hand gegangen …
Die Treppen zu unserer Wohnung bin ich sehr langsam raufgestiegen. Es war, als wäre ich wieder schwerer geworden.
Ach, Karl …

Ich schleppe mich und das Schwere in die Wohnung, da steht Mom im kleinen Flur vor einem Bügelbrett und bügelt. Hübsch geschminkt, auf Stöckelschuhen, lächelt sie mir entgegen und bügelt!
Heute ist wirklich ein Tag der Neuigkeiten.
Ich zwinge ein Lächeln auf mein Gesicht, Mom soll sehen, dass ich mich freue. Gleich will ich sie fragen, wie es ihr geht und was der Arzt gesagt hat. Aber irgendwas ist mit meiner Stimme nicht in Ordnung. Die Fragen wollen nicht raus. Ich kann bloß seufzen und hoffen, Mom merkt es nicht und bügelt weiter.
Aber Mom merkt doch was! Sie stellt das Bügeleisen weg und schaut mich aufmerksam an. Sie sagt nichts, wie denn auch, sie kann ja noch nicht und sogar ein Krächzen hat ihr der Arzt ganz bestimmt verboten.

Ich möchte weg, ins Bett kriechen zu Teddy-Teddy … aber Moms Blick hält mich fest. Sie schreibt ein riesengroßes »K« in die Luft und dann noch viel größer ein Fragezeichen. Ich schlucke, ich schniefe und nicke. Und halte mir die Nase zu. Dodo, jetzt wird nicht geheult, das hatten wir heute doch schon! So was kann Mom nicht brauchen.
Es hat nichts genutzt. Ich hab geheult, im Flur, vor dem Bügelbrett, im dicken Wintermantel, schneenasse Nase und meine Winterstiefel haben mit mir geheult, Schneepfützen auf den Flurboden.
Mom hat mir den Mantel ausgezogen und die Stiefel. Sie hat die Schneepfütze weggeputzt. Sie hat mich ins Wohnzimmer gezogen, ich war wie eine schlappe Lumpenpuppe.
Sie hat sich auf ein Samtkissen gesetzt und mich in ihre Arme gezogen. Sie hat mich hin und her gewiegt und mein Tränen-Rotz ist auf ihr schönes Kleid getropft und sie hat gesummt. Es war beinahe so wie im Bio-Markt, wo ich das dicke Baby von der Bananen-Mama getröstet habe und etwas gesungen wie »Mama hat dich lieb und kommt gleich wieder.«
Genau so war ihr Summen jetzt und ich in ihren Armen. Mom hat mich sanft von ihrem Schoß geschoben und nur ganz kurz an meinen Tränenflecken auf ihrem Kleid herumgerieben. Sie hat mir Tee gekocht. Kamillentee. Den mag ich nicht. Aber an die Tasse hat sie einen Zettel geklebt und ein rotes Blümchen draufgemalt. Da hab ich den Kamillentee sehr gerne getrunken. Sie hat sich zu mir gesetzt und mir beim Trinken zugeschaut. Mit einem ganz neuen Mom-Gesicht. Kein Schätzchen-Lächeln. Keine hochgezogenen Augenbrauen, keine gerunzelte Stirn, kein Wühlen in den roten Locken.
Sie hat mich einfach ganz still angeschaut. Sie hat sich geräuspert und gewispert: »Erzähle!«

Ich hab gar nicht gewusst, dass so viele Worte in mir drin sind und so rasch raussprudeln können. Hier am Küchentisch mit Mom. Alles hab ich erzählt, wirklich alles. Wie das war mit Karl und Bruno und noch viel mehr kam aus mir rausgeschossen. Dass ich so oft alleine war im Hotel, und dass ich weiß, wie Mom sich schämt, weil ich so dick bin.

Da sind Worte gekommen und Sätze und Gedanken, von denen habe ich gedacht, die hab ich in mir drin versteckt, da sollen sie schlafen. Jetzt sind sie aufgewacht. Mom hat zugehört. Manchmal hat sie gelächelt, manchmal hat sie sogar gegrinst, manchmal hat sie meine Hand genommen und gestreichelt, manchmal hat sie die Augen aufgerissen …

Dann war ich wie leer, alles war rausgekippt und über Mom geschüttet.

Mom ist aufgesprungen und hat draußen irgendwo irgendwie herumgekramt.

Na klar, das war zuviel für Mom. Das hätte ich mir doch denken können. Blöde Dodo! Aber zum Denken war ich zu ausgeleert.

Da war Mom wieder da, am Küchentisch. Und sie hat mir die rosa Hasenpelz-Hauspuschen angezogen!

Kapitel 20

Wir haben gute Zeiten. Es schneit. Es regnet, es schneit. Moms Stimme wird immer besser, sie spricht noch leise, aber sie spricht. Und sie bleibt da.
Nicht mehr die Rede davon, wieder ins kleine Hotel zu ziehen in der Nähe der Oper. Hier haben wir einen Bus und es gibt ja auch noch Taxis. Die mag Mom ja sowieso lieber als den Bus.
Ich habe viel zu tun, aber doch weniger, als ich dachte. Klar, ich putze, ich räume auf. Ich geh in den Waschsalon und in den Bio-Markt und manchmal besuche ich auch Josef, den Würstchenmann. Aber Mom putzt auch, ziemlich flüchtig, finde ich. Und sie kocht! Ziemlich ungeschickt, finde ich, aber sie kocht! Mein Gemüse schmeckt besser als ihr Gemüse. Sie gibt es zu und lacht. Sie lacht sehr viel.
Ich würde sie gerne fragen, ob sie jetzt so viel lacht, weil sie merkt, dass es ihr besser geht. Ich frage lieber nicht. Ihr Lachen

genügt mir und ich zeige ihr, wie man Salat ordentlich wäscht. Sie schaut zu und dann zeigt sie mir, wie man ein Bluse ordentlich bügelt. Wir hören zusammen oft Musik. Manchmal singe ich mit. Mom kann Musik wieder sehr gut ertragen. Und mich auch!

Karl besucht uns oft. Mit einem Breitmaulfrosch-Grinsen für mich und einem Wort-Wasserfall für Mom. Er erzählt endlos von der Oper und wie sehr sich alle auf Gloria freuen, denn bald ist Premiere. Von Bruno erzählt er wenig.
Er hat sein Zimmer ausgeräumt. Nur die Matratze hat er nicht mitgenommen, die braucht er ja nicht bei Bruno. Wir lassen seine Matratze trotzdem in seinem Zimmer liegen. Kann ja sein, er braucht sie mal wieder? Wir essen dann immer was zusammen mit ihm. Meistens koche ich, aber manchmal auch Mom. Aber mein Essen ist besser! Karl lobt mich dann sehr und Mom lobt auch. Ich sitze so gerne mit Karl und Mom am Küchentisch, es ist so fröhlich und wie beinahe eine richtige Familie. Und immer finde ich dann was in meinem Bett, reingeschmuggelt von Karl. Ein Zettelchen, da steht zum Beispiel drauf: »Träume schön, gute Dodo.« Oder einfach eine Banane. Oder einen Apfel. Oder auch eine Karotte. Die Zettelchen sind mir die Liebsten. Besonders das, wo Karl eine Telefonnummer draufgeschrieben hat, na klar, die von Bruno.
Und darunter: »Immer für dich da!«

Ich bin immer noch eine Schöne-Sätze-Sammlerin. Aber beim Betten-Aufschütteln sind schon viele rausgeflogen. Die von Mom. Weil, die muss ich nicht mehr lesen, die kann ich ja jetzt hören! Moms Stimme ist wieder zurückgekommen, sie kann wieder singen. Der Arzt hat es erlaubt und Mom ist selig. Tanzt

herum in der Wohnung, trällert, strahlt und verschwindet stundenlang im Bad. Taucht wieder auf, wunderschön geschminkt, Gloria ist wieder da und Gloria hat Probe im Opernhaus und Husch, ist sie weg.
»Schätzchen, bis dann«, trällert sie. Aber jetzt lache ich nur und schaue nach, ob sie nicht schon wieder bei diesem Winterwetter ihre Stöckelschuhe heimlich … nein, hat sie nicht. Sie steckt brav in Winterstiefeln. Ich winke ihr fröhlich nach.
Sie freut sich so und ich freue mich auch.
Morgen habe ich nämlich auch Probe, Engelsprobe!
Und bald werden Mom und ich zusammen Probe haben im Opernhaus. Die Generalprobe vor der Premiere.
Mom im engen Silberglitzerkostüm als Sandmännchen und dann im Goldglitzerkostüm als Taumännchen und ich im wunderschön weiten weißen Nachthemd mit drangeklebten Engelsflügeln.
Dann fahren wir zusammen in die Oper, dann stehen wir zusammen auf der Bühne …
Wenn ich daran denke, an das Musik-Gesumme des Orchesters, ans geheimnisvolle Licht auf der Bühne, an den Geruch nach Puder, Leim und Schminke, und wie aufgeregt und konzentriert alle sind und jeder weiß, was er zu tun hat und ist stolz darauf, und ich bin da mittendrin, zusammen mit Mom, dann … ja dann hocke ich mich in den Schwan, der steht immer noch im Zimmer von Mom. Und dem flüstere ich meine ganze Freude in seinen hocherhobenen Schwanenhals. Er ist ein Opern-Schwan, in ihm kann man trauern, aber man kann sich auch freuen! Der kapiert alles.

»Mädels!« Karl stürmt in die Küche, er kommt zum Abendessen zu spät. Mom und ich spülen gerade ab. Ich spüle, im Ab-

trocknen ist Mom besser. Nein, essen will Karl heute sowieso nichts, er hat schon gegessen. Na, wo war das wohl? Bei Bruno natürlich. Karl grinst und wir lächeln.
»Mädels!« Karl schmeißt die Arme hoch. »Wir machen eine Party, eine house-warming-Party! Ist die Idee nicht fabelhaft?«
Was? Ich schaue Mom an. Die flüstert mir zu:
»Er meint, dass unsere neue Wohnung gefeiert werden muss und wir auch!« Sie lacht und schmeißt ihr Handtuch Karl an den Kopf. Der fängt es auf und wirft es zurück.
»Fabelhaft! Ihr seid begeistert, ich wusste es. Euer Karl ist doch der Beste!« Und dann kommt ein Redeschwall.
»Bruno wird kochen, hervorragend kochen, die Wohnung wird der fabelhafte Karl schmücken, traumhaft, ihr werdet sehen und die Gästeliste, die übernimmt der fabelhaft gute Karl, ihr werdet sehen!«
Karls Ohren glühen, er springt dauernd zwischen uns herum und umarmt abwechselnd Mom und mich und dann springt er wieder weg.
Diesmal habe ich keinen Zettel oder Apfel in meinem Bett gefunden. Ja klar, Karl hat zu tun, er plant doch unsere Party …
Ein bisschen zwackt's schon noch in meinem Bauch. Karl kommt zwar, aber er geht auch wieder. So richtig gemütlich alleine, nur wir zwei, das waren wir schon lange nicht mehr. Aber als Mom mich mal gefragt hat, wir waren gerade dabei, unsere Betten frisch zu beziehen: »Sag mal, Dodo, vermisst du deinen Karl? Aber sei ehrlich zu deiner Mom, sie verträgt das nämlich, weißt du?« Da habe ich natürlich den Kopf geschüttelt. Denn erstens verträgt meine Mom, auch wenn sie jetzt eine neue Mom geworden ist, Ehrlichkeit gar nicht gut. Und zweitens sind wir zwei doch jetzt so richtig zusammen, Mom und Dodo. Manchmal wache ich auf mit einem Schreck und

will nach Teddy-Teddy greifen. Aber dann begreife ich sofort, das ist nicht nötig, den kann ich schlafen lassen. Mom ist ja da! Mom und ich haben an diesem Abend noch lange Musik gehört, gekuschelt auf unseren Samtkissen. Draußen hat ein Winterwind getobt.
Ich hab mit meinen rosa Hasenpelz-Puschen herumgezappelt. Zu einer Party gehören doch viele Leute, damit es lustig wird. Kennen wir denn so viele? Ich nicht!
»Nun ja, mein Kind«, sagt Mom. »Um ehrlich zu sein, ich eigentlich auch nicht. Zumindest jetzt noch nicht. Wen hättest du denn gerne dabei?«
»Na ja, auf jeden Fall dich und mich und Karl und Bruno«, sage ich.
»Und die Großmama Federlieb vom Kinderchor, die ist nett. Und vielleicht die Bananen-Mama mit dem dicken Baby aus dem Bio-Markt und …«
»… den Josef vom Würstchenstand« wollte ich sagen. Sag ich lieber nicht. Auch eine neue Mom verträgt einen Würstchen-Verkäufer nicht so gut. »Ja, und du, Mom?«
Mom seufzt. »Ja, eigentlich alle meine lieben Kollegen, aber ich bezweifle stark, dass sie kommen mögen. Ich habe mich, um ehrlich zu sein, nicht gerade beliebt gemacht mit meinem Liederabend.«
»Deine Extra-Wurst!«, sage ich. Mom nickt und lacht und ich rutsche eng neben sie. Mom riecht so gut, und sie hält es so gut aus, dass ich jetzt eng neben ihr sitze. Sie legt sogar den Arm um mich!
»Dann laden wir doch einfach die Königin von England ein!«, sage ich und muss kichern.
Mom kichert auch:
»Oder den Papst!«

»Oder deinen Arzt, Mom!«
»Oder den Präsidenten von Amerika!«
»Oder den berühmtesten Dirigenten von der ganzen Welt, nur für dich, Mom!«
»Und für dich den Würstchenmann«, lacht Mom und klapst mir auf den Bauch. »Jetzt ab ins Bett mit uns, Schätzchen, ich habe morgen Probe. Lassen wir uns von unserem Karl überraschen.«

Karl hat uns überrascht, und wie!
Wir mussten in seinem kahlen Zimmer sitzen auf seiner Matratze, damit wir ihm nicht im Wege stehen. Er dekoriert jetzt die Wohnung und verwandelt sie in ein Zauberland. Überall Teppiche, Samt und Seide und tausend Kerzen brennen, Räucherstäbchen duften. Es wehen bunte Vorhänge, wo sie vorher noch nicht geweht haben. Blumen in den zartesten Farben sind gestreut, alle aus dem Fundus von der Oper, alle künstlich, alle wunderschön.

Bruno mit glänzender Glatze schleppt treppauf silberne Platten, geheimnisvoll zugedeckt, Töpfe und Pfannen. Mom und ich dürfen nicht in die Küche, die ist jetzt sein Reich. Mom und ich auf der Matratze haben uns angeschaut. Was Bruno da anschleppt, das reicht ja für eine Fußballmannschaft.
»Auf, Mädels, rein ins Bad, macht euch hübsch, die Gäste kommen gleich!«, hat Karl gerufen und seine Ohren waren knallrot.
Und die Gäste sind gekommen! Mindestens eine Fußballmannschaft!
Der Papst war nicht dabei und auch nicht die Königin von England, aber Großmama Federlieb mit einem Kuchen in der Hand

und so hübsch wehenden weißen Haaren und hinter ihr haben sich Engels-Kinder gedrängelt, genau die, die mir so nett auf die Schulter geklopft haben, ich hab ja gestaunt! Und dazwischen hat sich der Wuschelkopf-Regisseur gedrängt und eine Sektflasche geschwenkt und nach Gloria gerufen. Immer wieder hat's an der Tür geklingelt und die Kolleginnen Leberwurst-Hänsel und schlanke Gretel haben ihre Mäntel Karl in die Arme gedrückt und nach Gloria gerufen.
Drei Ballett-Tänzer, rappeldürr, haben sofort Karl geküsst, links und rechts und nach Gloria gerufen. Und da schreit ein Baby, im Arm von der netten Bananen-Mama. Die steht verlegen in der Tür. Ist sie hier richtig?
Hinter ihr dreht jemand unsicher seine Wollmütze in den Händen. Er ist eingeladen, aber ob hier jemand seine Würstchen essen mag? Einen ganzen Packen davon hat er mitgebracht.
Karl zieht alle herein. Seine Ohren leuchten. Seine Überraschung ist gelungen. Unsere Wohnung ist knüppeldickevoll mit lauter Menschen, die uns gerne haben und mit uns feiern wollen. Sonst wären sie ja nicht gekommen!
Meine schöne Mom im langen, eleganten Seidenrock stöckelt von hier nach da, wird umarmt, die Tänzer heben sie lachend hoch. Gloria strahlt und verliert dabei einen Stöckelschuh. Den schnappt sich gleich Regisseur Wuschelkopf, er will eine Rede halten auf den Stöckelschuh, der das Glück hat, am Fuß der bezaubernden Gloria …
Und mitten in diesem bunten Wirrwarr stehe ich in der Blümchen-Bluse. Luft anhalten, Bauch einziehen, nicht mehr nötig. Mir schwirrt der Kopf. Wo soll ich zuerst hingehen, mit wem soll ich zuerst reden? Die Oper ist heute bei uns voll eingezogen. Oper immer ein bisschen zu viel. Aber schön zu viel. So viel Lachen, so viel Lärm.

Karl hat mich gerettet. Er hat mir ein Glöckchen in die Hand gedrückt und mir zugeflüstert: »Dodo, du rufst jetzt deine Gäste zum Essen. Es ist deine Party, vergiss das nicht.«
Meine? Die ist doch auch für Mom! Und für die Wohnung!
»Deine!« Karl zwinkert mir zu. »Ein Geschenk von Bruno und mir für unsere liebste Freundin. Vergiss das nicht.«
Ich hab mit dem Glöckchen gebimmelt und laut gerufen: »Essen, Leute, mein Freund Bruno hat gekocht für euch!« Alle stürzen los, hin zu dem langen Tisch im Wohnzimmer, wo Bruno köstliche Sachen aufgetischt hat. Und sie laden sich die Teller voll. Bruno steht stolz daneben mit einem Extrateller, nur für mich gefüllt.
Meine Party! So laut, so bunt, so fröhlich! Alle fühlen sich wohl! Mom hockt zusammen mit Hänsel und Gretel und Wuschelkopf-Regisseur, sie quatschen und lachen.
Josef steht in der Küche bei Bruno, sie braten zusammen Würstchen für einen Mitternachts-Imbiss und erzählen sich Witze. Josef versteht Bruno schlecht, Bruno versteht Josef schlecht. Macht aber nichts, sie lachen.
Die Tänzer hocken mit Karl zusammen und da ist ein Gekicher und ein Geschwatze und Karl mit glühenden Ohren und einem Breitmaulfroschgrinsen lässt seinen Wortschwall los.
Die nette Bananen-Mama, wie hat Karl die überhaupt gefunden? Sie sitzt bei Großmama Federlieb und die hat das Baby im Arm und es nuckelt an ihrem Daumen und Mama und Großmama reden über Windeln und lächeln sich an und es sieht grad so aus, als könnten sie jetzt Freundinnen sein.
Ja, und ich? Ich hätte das ja nie gedacht, aber die Engel-Kinder haben mich einfach in mein Zimmer gezogen, neugierig.
Dodo soll zeigen, was sie da hat. Dodo hat da aber nichts Spannendes. Ich hab sie in Moms Zimmer geführt. Da steht der

Schwan, der ist doch was. Den fanden alle toll. Wir haben versucht, uns zusammen in den Schwan zu quetschen. Henry, Laura, Leon, Julia und ich. Das hat der Schwan nicht verkraftet, er hat alle Federn gesträubt und ist ein bisschen kaputt gegangen. Wir haben so gelacht!
Und dann haben wir versucht, den Schwan wieder zusammenzukleben. Es hat aber nicht funktioniert. Macht doch nichts, Mom und ich brauchen den Schwan jetzt sowieso nicht mehr. Wir haben uns dann alle noch Pudding geholt und gelöffelt und uns ausgefragt. Jetzt weiß ich auch, wen ich nicht nur auf der Himmelsleiter wiedertreffe, sondern auch in der Schule. Nämlich Henry, Laura, Leon und Julia. Das ist so toll!

Übermorgen haben Mom und ich Premiere!
»Schätzchen, bist du nervös?«, fragt Mom und greift nach meiner Hand.
»Und wie!«, sage ich und halte ihre Hand ganz fest.
»Ich auch!«, sagt Mom und gibt mir einen Kuss.
»Wir drücken uns die Daumen, ja?«